JN132144

昼下がりの未亡人団地

八神淳一
Junichi Yagami

三交社 文庫

目次

※この作品は艶情文庫のために書き下ろされたものです。

第一章　美人揃《ぞろ》いの団地

1

「それは、奥のリビングにおねがいします」

玄関の外から、女性の声がした。

リビングで段ボール箱を移動させていた小林良夫《こばやしよしお》は玄関に出た。

するといきなり、ショーパンから露出している生足が目に飛び込んできた。

ちょうど、女性が前屈《まえかが》みになって、段ボール箱を持ち上げようとしているところだったのだ。

ショーパンは裾《すそ》がけっこうきわどく切り詰められていて、女性の尻《しり》たぼが、三分の一ほどはみ出ていた。

女性が持ち上げて、玄関の中に運んでいく段ボールの箱には、良太が運んでいた段ボールと同じ、虎《とら》の絵が描かれていた。虎とはいっても、愛らしくデフォルメされた絵だ。タイガー引っ越しセンター。

向かいの住人は、どうやら同じ引っ越しセンターを使っているようだ。

奥まで段ボール箱を運んでいた女性が玄関先に戻ってきた。ちょうど、ふたりがかりでベッドを運んできていた。ダブルベッドだ。一人住まいではないようだ。

「それは、リビングの隣の部屋におねがいします」

と言うなり、女性が先に中に入る。

また、良太の視線はショーパンからあらわな尻たぼと生足に向けられる。

女性は三十代半ばくらいだろうか。尻たぼも太腿《ふともも》も、あぶらが乗っている。

ベッドを運んだタイガー引っ越しセンターの男たちが出てくる。後から出てきた女性が、向かいの玄関に立つ良太に気づいた。

あら、という表情になり、

「そちらも引っ越しですか？　出る方？　入る方？」

と聞いていた。

「入る方です」

と答えると、

「あら、いっしょですね。引っ越し会社も同じだなんて、気が合いますね」

と女性が笑顔を見せた。良太は、はあ、と間抜けな返事をしていた。

女性が思いのほか、美人だったからだ。

駅からバスで十五分もかかるような古びた団地で、まさか、ショーパンの美人とお隣さんになるとは、まったく予想もしていなかった。

良夫はとあるＩＴ企業でプログラマーをやっていた。リモートが主流となり、ほとんど会社に出ることがなくなっていた。となると、駅近の狭い部屋に住むのはつらくなり、交通の便が悪くても広い部屋に引っ越すことにしたのだ。

いろいろ探していると、この団地に行き着いた。私鉄の郊外の駅から、バスで十五分という、独り身の通勤なら、絶対選ばない物件だったが、出社しなくてよいとなると、２ＬＤＫという広さが魅力となった。

良夫は今年三十になるが、結婚の予定どころか、彼女もいなくて、ワンルームで充分だったが、やはり２ＬＤＫは憧《あこが》れだった。

一人で、２ＬＤＫである。しかも、今まで住んでいた駅近のワンルームと家賃は変わらないのだ。

良夫は不動産屋で見つけてすぐに、ここに引っ越すことに決めた。

そして今、階段を挟んで隣というかお向かいというか、そこの住人に見惚《みと》れていた。

「彩美《あやみ》といいます。よろしくおねがいします」

とショーパンの女性は、いきなり、名前だけを名乗った。

「小林です。小林良夫といいます」

「良夫さん。よろしくね」

と彩美と名乗った女性が笑顔を向けてきた。

良夫はどきんとなっていた。なぜなら、女性に名前を呼ばれたのが（親や親戚《しんせき》以外では）もう十年以上ぶりだったからだ。

「よ、よろしく、おねがいします……」

「じゃあ、また……」

と言って、彩美はあらたな段ボール箱を持ち、奥へと入っていく。

良夫は白い尻たぼと生足を、ドキドキしつつ見送っていた。

「あの、これはどこに置きますか」

とタイガー引っ越しセンターの男が聞いていた。運んできたのは、シングルベッドだった。

向かいの女性はダブルベッド。俺はシングルベッド。

そうだ。向かいは連れがいるのだ。きっとそうだ。それが普通だろう。なに、ドキドキさせているんだ。

六畳間にシングルベッドを置く。ワンルームの時には、ベッドを置くだけで、すでに三分の一はスペースが埋まってしまっていたが、２ＬＤＫでは寝室が埋まっているに過ぎない。

もっと大きなベッドがいいな。彼女が来た時、シングルベッドでは狭すぎるだろう。いや、彼女なんて来ない。駅近のマンションでも、一度たりとも女が来たことはないのだ。

誰《だれ》が、バスに十五分も乗って、古びた団地に来るだろうか。

この団地に住むと決めた時、しばらく女は無理だな、と思ったのだ。女をあきらめ、部屋の広さを取ったのだ。が、生足丸出しのお向かいさんに、良夫さん、と名前で呼ばれ、やっぱり彼女が欲しい、と思ってしまう。

「ありがとうございました」

とタイガー引っ越しセンターの男たちが帰っていく。

一人になると、余計、部屋の広さを感じる。広さに憧れていたが、いざ広い空間にいると、寂しさを感じる。

良夫は段ボール箱をひとつずつ開けていく。すると、五つ目の箱から、いきなりバイブレーターが出てきた。

「えっ、なに、これ」

バイブレーター三本、ローション、卵型のローター四個。

俺、こんなの買ったっけ。いや、買っていない。これは女性が使う物だ。女性が使う物を男の良夫が持っていてもおかしくはない。それはエッチする彼女がいればの話だ。

良夫にはそんな彼女はいない。ここ数年いないのではなく、生まれた時からいない。年齢=彼女いない歴というやつだ。

彼女がいない男がバイブレーターを持っているわけがない。じゃあ、どうしてタイガー引っ越しセンターの段ボール箱に女性のオナニーグッズが入っているんだ。

良夫の脳裏に、むちっとした尻たぼと太腿が浮かぶ。

彩美だ。これは彩美の段ボール箱なのだ。同じ引っ越し屋の段ボール箱だから、間違って運ばれたのだろう。

届けないと。その前にちょっと……と良夫はバイブレーターを一本手にする。先端が鎌首そっくりだ。胴体の反り具合もリアルである。けっこう値が張るんじやないだろうか。

良夫は思わず、鼻を先端に寄せていく。すると、石けんの香りがした。使った後に洗っているようだ。が、それだけではなかった。石けんの香りの中に、石けんではないような、良夫の股間《こかん》にくるような匂《にお》いがかすかに混じっていた。

これは、彩美のおま×この匂いなんじゃないのかっ。

キスすら知らない真性童貞の良夫は当然、女性のあそこの匂いを嗅《か》いだことなどない。嗅いだことはないが、牡《おす》としての直感で、これはあそこの匂いじゃないのか、と想像できる。

そう思うと、余計、嗅ぎたくなる。良夫はバイブの先端から胴体にかけて、鼻を押しつけ、犬のようにくんくん嗅いでいく。

胴体の根元に向かうほど、あそこの匂いが濃くなっていった。

「ああ、彩美さん……」

会ったばかりのお向かいの女性の名を呼び、良夫は腰をくねらせる。

はっと我に返る。なにをやっているのか。

しかしどうしてバイブレーターを持っているのか。使っているのか。いっしょに住んでいる男がいるのではないのか。

とにかく返さないと、とバイブレーターを戻し、段ボール箱の蓋《ふた》を閉じる。そして、めくっていたテープで貼《は》りつけ、抱えあげる。

お向かいにはすぐ着く。こちらも引っ越し作業は終わっているようだ。扉が閉じている。

チャイムを押すと、はい、と中から声がした。ドアスコープでこちらをのぞいている気配がする。

あら、と声がして、ドアが開いた。

「どうしたの、良夫さん」

タメ口である。人によってはいらっとくるが、相手が彩美だと親しくなった気がしてうれしい。

「これ、あ、彩美さんのものが間違って置かれていて」

「あら、そう。同じ会社だからね」

と言って、彩美がウィンクする。たまらない。

ありがとう、と彩美が段ボール箱を受け取る。その時、テープがわずかにめくれていることに気づいた。

「中を見たのかしら」

「は、はい、すいません……」

「私って馬鹿ね。中を見たから、自分のじゃないってわかったのよね」

「はい、すいません……」

「どうして、謝るの？」

「いや、すいません……」

なんせ、バイブレーターに残っていたおま×この匂いを嗅いだのだ。どうしても、謝りの言葉が出てしまう。

「変な良夫さん」

「あ、あの……」

「なにかしら」

彩美がじっと見つめてくる。思えば、女性にこんなに近くで、じっと見つめられること自体、久しぶりな気がする。仕事がら、会社に行っても、ほとんどＰＣに向かっているだけだ。プログラマーは皆男。

リモートになり、さらに団地に住み、ますます女性と縁がなくなると思っていたが、どうも違うようだ。

「いや、その……」

彩美の同居人が気になっていた。左手を見ても、結婚指輪は嵌《は》めていない。

「あの……」

「私、独りよ」

「えっ」

「男がいるのかどうか気になるんでしょう」

「いや、ああ、まあ、そうです……」

うふふ、と彩美が笑う。

「いたけど、独りなの。独りになったから、ここに越してきたのかな」

「別れたんですか」

「そうね。未亡人なの」

「み、未亡人……人……」

彩美は三十代半ばに見える。良夫より年上だが、充分若い。この年で未亡人とは。でも結婚相手がなにかの事情で亡くなったら、年齢関係なく、当然、未亡人ということになる。

「だから、独りよ」

「あの、僕は……」

「独りでしょう。わかるわ」

「そ、そうですか……」

恐らく、見た瞬間、独り者だとわかるのだろう。もしかして、童貞だとわかっているかもしれない。

2

自分の部屋に戻り、段ボール箱からいろいろ取り出していると、チャイムが鳴った。俺を知っているのは、この団地では彩美だけだと思い、なんだろう、とかすかな期待を抱いて、玄関に向かう。

ドアスコープをのぞくことなく、はい、と返事をしてドアを開くと、彩美ではない女性が立っていた。

「こんにちは」

と良夫を見て、笑顔を向けてくる。

「こ、こんにちは……」

美人だった。清楚《せいそ》系というのだろうか。セミロングの髪も美しい、まさにドストライクのタイプだった。

「今日、越してらしたんですよね」

「はい……」

なにかの勧誘だろうか。新聞関係には見えないが。

「ようこそ、S団地へ」

とまたも、美人が微笑《ほほえ》む。

怪しい。怪しいけど、美しい。

「私、A棟一階でカフェをやっている遙香《はるか》といいます」

「カフェ……遙香さん……」

この団地の女性は皆、いきなり名前を名乗る習慣でもあるのか。

「夕方五時からはアルコールも出します。昼はランチ、夜はディナーもやっているので。是非、来てくださいね」

と言って、ドストライク美人が一枚の紙を渡してきた。

そこには、カフェウィドゥと書いてある。ウィドゥ。ウィドゥってなんだ。そうだ。未亡人じゃないかっ。

「あの……」

未亡人なんですか、と聞こうとした時には、遙香はお向かいのチャイムを鳴らしていた。


夕方、良夫はA棟に向かっていた。この団地はA棟からE棟まであり、良夫が住んでいるのはB棟の四階だった。

古い団地の最大の欠点はエレベーターがないことである。しかも四階が最上階となり、不動産屋にも、大丈夫ですか、と何度も念を押されていた。普通のマンションは上から埋まるが、団地は上から空くらしい。

A棟に向かい、一階に入る。一階は住居ではなく、管理センターや雑貨屋や弁当屋が並んでいた。弁当屋をのぞくと、なかなかの品揃えであった。

独身男のテレワークの最大の問題は、三度の飯である。駅近のマンションに住んでいた時は、まわりにいくらでも食べ物屋があったが、団地のまわりにはないだろうな、と心配していたが、とりあえず、どうにかなりそうだ。

それになにより、ドストライクの未亡人がやっているカフェがある。

通路の一番奥に、そのカフェはあった。

入り口に黒板が置いてあり、本日のお勧めディナーが書かれている。

ハンバーグセットにカレーセット。ディナーとはいえ、カフェのメニューだった。

ドアを開くと、いらっしゃいませ、と声がかかる。

「こんばんは」

「あら、もういらしてくれたんですね。うれしいです」

と遙香がとびきりの笑顔を向けてくれる。

ドストライクの美人にこんな笑顔を向けられたのは、どれくらいぶりだろうか。

フロアはこぢんまりとしていた。テーブル席が三つに、カウンター席。客はゼロだった。テーブル席に座ろうかと思ったが、後から何人連れが来るか予想できないから、カウンターに座ることにした。

なにより、ドストライク未亡人のそばだった。

「どうぞ」

と水が入ったグラスをカウンターに置く。

遙香は半袖のTシャツにパンツ姿だった。その上からエプロンをつけている。

セミロングの髪を後ろでまとめていた。

その姿が、さらにドストライクである。お向かいの彩美といい、カフェの遙香といい、ここは桃源郷かと思った。

団地に越してくる時、こうして、女性に恵まれた環境になるとは、予想もしていなかった。まあ、恵まれているとはいっても、ただのお向かいさん、ただのカフェの女主人というだけだったが、これでも良夫からしたら、桃源郷である。

「あの、お名前、お伺いしてもいいかしら」

遥香が美しい黒目を向けてくる。

「よ、よし……いや、小林です」

名前から言おうとして、名字に変えた。

「小林、なにさんですか」

とやはり、名前を聞いてきた。

「良夫です」

「良夫さんね。いいお名前ですね」

社交辞令とはわかりすぎるほどわかっていたが、それでもうれしい。

「はい、メニューです」

と遥香がカウンター越しにメニューを渡してくる。その時、良夫の視線がエプロン越しの胸元に向いた。

えっ、なんだ。かなりふくらんでいないか。

これまで遙香の清楚系美貌《びぼう》にばかり目がいっていて、胸や尻には目が向いていなかったのだ。なにせ、ドストライクな顔だけで、満足していたからだ。

エプロン越しでも、かなり胸元が高かった。

「ハンバーグ、好評なんですよ」

と遙香が言ってくる。

「じゃあ、ハンバーグセットで……」

良夫の視線が、胸元から離れない。まずいと思い、あわてて視線を外した。遙香の方は男性のそんな視線には慣れているのか、笑顔のまま、背中を向ける。

良夫はごくりと水を飲む。水がやたら美味《おい》しく感じた。喉《のど》がからからだったのだ。

遙香がこちらに背を向けた状態で調理をはじめている。

スタイルはどうなんだ、と良夫はここぞとばかりに、遙香の後ろ姿を見る。

Tシャツは上半身にぴたっと貼りつくタイプで、ほっそりとした身体《からだ》の線がわかった。ウエストはくびれ、それでいて、パンツが貼りつくヒップラインはぐっと張っている。

しかも、恐らくバストはかなり豊満だ。

ハンバーグを焼きはじめた遙香がこちらに目を向けた。

「良夫さんはお一人ですか」

「はい……」

遙香さんはどうですか、と流れですんなりと聞ければいいのだが、それは無理だ。すんなり聞けるのなら、彼女いない歴＝年齢とはならない。

「彩美さんもお一人って言ってました。みんな、一人ですね」

と言って、遙香が笑う。

「み、みんな……」

「店の名前の通りです」

と遙香が言う。

「未亡人ということですか」

「はい」

と遙香がうなずく。

「彩美さんも未亡人なんです」

「そうらしいですね」

挨拶《あいさつ》の時にもう、そこまで聞いているのか。まあ、ウィドゥと書かれたチラシをもらえば、そういう話になるか。

ドアが開いた。

「いらっしゃい」

彩美だった。相変わらずのショーパンスタイルだ。上は長袖のカットソーだった。

あらためて、正面から彩美を見る。こちらも胸元が高く張っていた。ショーパンから剝《む》き出しの生足にばかり気が向いていたが、遙香同様、かなりの巨乳のようだった。

彩美はざっくりとしたカットソーを着ていた。ざっくりなのに、バストが目立つのだ。ざっくりで目立つということは、なにを着ても目立つくらいバストが豊かだということを意味している。

お向かいさんとカフェの女主人が、どちらも美形で、どちらも巨乳。

なんて素晴らしい団地に越してきたのか。

「ここいいかしら」

と言って、彩美がカウンターの隣のストゥールに腰かけてきた。すると、彩美から甘い体臭が薫ってきた。股間に直接訴えかけてくるような匂いだ。

引っ越し作業して、そのままここに来たのだろう。さすが熟女未亡人だ。そそる匂いを肌から出している。

バイブレーターにわずかに残っていた匂いと似ていた。

遙香が彩美にメニューを渡す。彩美は、ビールを、と注文する。

「あら、良夫さんは飲まないの？」

「飲みますけど、ご飯の時は飲みません」

「なるほどね」

なにがなるほどなのかわからないが、ふうん、と言って、じろじろ良夫を見てくる。

どうぞ、と遙香がビールが入ったグラスをカウンターに置く。

「良夫さんにもビールを」

と彩美が言う。

「えっ」

「お近づきの印よ」

「じゃあ、僕が……」

「いいのよ。私の方が年上でしょう。良夫さんは三十くらいかしら」

「はい。三十です」

「私は三十七よ」

「そうですか」

こういう場合、なんて言えばいいのかわからない。若いですね、と言うのがいいのか。良夫はそういうことをすらりとは言えない。言おうとすると、たぶん、かみそうなのでやめておく。

遙香が、どうぞ、と良夫の前にビールが入ったグラスを置いた。

「遙香さんは、いくつかしら」

と良夫が聞きたいことを、彩美が聞いてくれる。さすが、熟女未亡人だ。

「私ですか。三十二です」

「あらそうなの。二十代かと思ったわ」

「まあ、お上手ですね。なにも出ませんよ」

「あら、残念」

ハンバーグが焼けた。どうぞ、とカウンター越しに置かれる。その時、どうしても視線がエプロン越しの胸元に向いてしまう。これは牡の悲しい習性なのか。

真横に彩美がいても、見てしまう。

「まあ、美味しそう」

と彩美がのぞきこんでくる。ざっくりカットソーが、ぴたっと胸元に貼りつき、バストの形がもろわかりになった。

でかいっ、と心の中で叫ぶ。

「はやく、食べてみて」

彩美が急《せ》かしてくる。味を知りたいのだろう。

良夫はナイフとフォークを手にして、カットする。正面から遙香が、横から彩美が見ている。

ふたりの美女に見られながら飯を食うなんて、生まれてはじめてだ。そもそも、一人の美女でさえ、一度もない。

緊張してしまう。カットした肉片を口に運んでいく。遙香と彩美がじっと見つめている。ハンバーグを食べるだけなのに、ドキドキしてしまう。

口に入れた。嚙《か》む。肉汁が口の中に広がっていく。

「美味しいです」

「じゃあ、私も同じものを」

と彩美が言い、ありがとうございます、と遥香が用意をするためにカウンターから離れる。

するとと、彩美がごくりとビールを飲み、美貌を寄せてきた。

3

「見たのよね」

と耳元で息を吹きかけるようにして、聞いてくる。

「なにを……」

わかっていたが、そう聞いていた。

「これ」

と言って、彩美が良夫になにか握らせてきた。これは、ローターっ。

驚いて、彩美を見る。

「見たんでしょう」

「す、すいません……」

「見ただけかしら」

「えっ……」

まずい。顔に出てしまった。

「見ただけじゃなさそうね」

遙香はハンバーグを焼きはじめている。

「ねえ、なにをしたのかしら」

そう言って、良夫の太腿に手を置いてくる。良夫はＴシャツに下はジャージだった。同じ団地の中だからと、お気楽な格好で来ていた。

が、それがまずいこととなる。太腿に彩美の手を感じた瞬間、勃起《ぼっき》させていた。良夫はトランクスを穿《は》いていた。すでに股間がもっこりしているはずだ。

「なにをしたの」

そう聞きつつ、彩美の手が太腿から股間へと移動してくる。

「す、すいません……あの……匂いを……嗅ぎました」

「あら。そうなの」

彩美は怒るかと思ったが、違っていた。

「うれしいわ」

と言ったのだ。

「えっ……」

「だって、私を女だと思ってくれたんでしょう。おばさんの匂いなんて、嗅ぎたくないだろうから」

「おばさんだなんて、彩美さんは綺麗《きれい》ですし、魅力的です」

褒め言葉がすらすらと出ていた。パニックになったからだ。

「あら、本当。もっと言って」

良夫もグラスを持ち、ビールをごくごくと飲む
「魅力的だから、つい……」

「バイブの匂いを嗅いだのね」

と言いながら、股間を摑《つか》んできた。

「あっ……」

不意をつかれ、思わず声をあげる。

キッチンに向かっていた遙香が、首をねじって、こちらを見た。向こうからはカウンターの下は見えない。

彩美は摑んだまま、動かしはじめた。

あっ、と声をあげそうになったが、どうにかこらえる。

遙香がキッチンに美貌を戻す。

「うれしいわ。すごく硬くなっているわね」

彩美が上体を寄せている。左手でジャージ越しに硬さを確かめながら、右手でグラスを摑み、ごくごくと飲んでいく。

「ああ、美味しいわ」

「お代わり、いかがですか」

遙香がこちらを見て、聞いてくる。

「もらおうかしら」

はい、と返事をして、遙香が近寄ってくる。彩美は良夫の股間を握ったままだ。向こうからは見えないと思うが、彩美が上体をこちらに傾けているのはわかる。

遙香はなにも言わず、空のグラスを取ると、ビールサーバーに向かう。

すると彩美が思わぬ行動に出た。ジャージの中にいきなり手を入れようとしたのだ。

「あ、彩美さん……」

彩美は色っぽくウィンクすると、ジャージの上部から左手を入れてきた。良夫のジャージはゴムが緩く、あっという間に手が入っていた。

トランクスの上部から手が侵入してきて、ペニスをじかに摑まれていた。その間、数秒。まさに熟女未亡人ならではの早業だった。

良夫から見れば、もう神業と言ってもよかった。

彩美と出会ってほんの半日足らず。カフェに入ってきて、十分も経っていない。が今、良夫のペニスはじかにお向かいの未亡人に握られていた。

「ああ、硬いわ……ああ、久しぶりだわ」

耳元に美貌を寄せてきて、彩美がそう囁《ささや》いてくる。左手ではぐっと摑んだままだ。硬さを味わっているようだ。

遙香はずっとフライパンに向かい合っている。さっきは、焼きつつ、こちらを見ていたが、今はずっと背を向けている。

彩美の左手が動きはじめた。

その途端、股間が痺《しび》れていく。思わず、声をあげそうになる。気持ちよかった。生まれてはじめて自分以外の手で、しごかれているのだ。

まだ、軽く動かしているだけだ。それなのに、じっとしていられないくらい気持ちいい。

軽い手コキでこれなのだ。しゃぶられたら、いったいどうなるのだろうか。

しゃぶるっ。彩美が、と思わず、彩美の唇を見つめてしまう。

するとと彩美がピンクの舌をのぞかせ、ぺろりと自分の唇を舐《な》めてみせた。

「ああ……」

思わず、興奮のため息を洩《も》らしてしまう。

彩美の手コキがはやくなった。いきなり、ぐいぐいしごいてくる。

「あ、ああ……」

声が出てしまう。彩美さんっ、だめですっと目で訴える。いつの間にか、彩美の瞳《ひとみ》が妖《あや》しく潤んでいた。それがまた色っぽい。

出そうになる。いや、さすがにまずい。

良夫は気をそらそうと、正面に目を向ける。すると、遙香のヒップラインが目に飛び込んでくる。

いい尻だ、と思った瞬間、暴発しそうになった。

が、ぎりぎりのところで、遙香が振り向き、彩美が手を引き上げていた。

「ハンバーグ、焼きあがりました」

こちらに向かって微笑むと、遙香が焼きあがったハンバーグを皿に乗せる。

そして、どうぞ、とカウンター越しに、彩美の前に置いた。ぎりぎり暴発を免れた状態であっても、良夫の視線は遙香の胸元に向いていた。

悲しい男の性《さが》だ。

「良夫さんは、お仕事はなにをなさっているのかしら」

と遙香が聞いてきた。

「えっ……」

「お仕事は」

「ああ、仕事ですね……えーと、プログラマーです」

「あら、じゃあ、リモートワークかしら」

「そうですね」

「じゃあ、お得意さんになりそうかな」

と遙香がうれしそうな笑顔を見せる。

ああ、なんて綺麗なんだろう。ああ、どうしてそんな目で俺を見てくれるんだろう。お得意さんが一人増えたと喜んでいるだけだろうが、それでも、たまらない。

「私もリモートよ」

と彩美が言う。

「そうなんですかっ」

「企画の仕事をしているんだけど。企画を考えるのは、リモートでもできるからね」

「そうですね。彩美さんもお得意様になってもらえますか」

と遙香が彩美を見つめる。さっき、良夫を見つめた時と同じ目だ。しかも、良夫はお得意さんで、彩美はお得意様だ。

「ハンバーグ次第かしら」

と言って、カットした肉片を口に運ぶ。思わず彩美の唇を見てしまう。そこに、肉片が入っていく。

フェラされた時を想像し、トランクスの中でペニスがひくつくと同時に、どろりと我慢汁が出た。

彩美が肉片を咀嚼《そしゃく》する。

「ああ、美味しいわ。ご飯は、遙香さんに任せようかな」

「ありがとうございます」

と遙香が頭を下げる。

4

あらたな客が入ってきた。ふたり連れのお年寄りだった。

この団地は基本、老人が多い。そこに、良夫たちのような若い人間が入りはじめていた。交通の便は悪いが、部屋の広さと家賃の安さが見直されていて、若者に団地は注目されていた。

遙香がフロアに出て、水を出している。

「やっぱり、生身はいいわね」

とハンバーグを口に運びつつ、彩美が言う。

「生身……焼けてますよ」

「おち×ぽのことよ」

「お、お……ち×ぽ……」

「バイブとはやっぱり違うわ」

「そ、そうですか……」

良夫はビールをごくごくと飲む。

遙香の笑い声が聞こえる。常連なのだろう。会話が弾んでいる。

「一年前に主人を亡くしたの」

そうですか、とうなずく。

「主人は病気がちで、あっちの元気がなかったの。だから、あんなこちこちのおち×ぽ握ったの、何年ぶりかしら」

そう言って、ジャージ越しにそろりと股間を撫《な》でてくる。

「あっ……だめですよ……見られます」

「遙香さんに見られたくないのかしら」

「えっ」

「遙香さんのこと好きでしょう」

そう聞きながら、彩美がぎゅっと摑んでくる。

「硬いままね」

「好きとかどうとか、まだ会ったばかりですよ」

「そうね。でも、たいてい、会ったばかりで好きかどうか、好きになるかどうかわかるんじゃないのかしら」

「そ、そうですか……」

「私は好きよ、良夫さん」

「えっ」

彩美がさっと手を引いた。遙香がこちらに戻ってきていた。

今のは告白かっ。いや、違うだろう。からかっているだけだ。からかっているとしても、好きと言われると、ドキドキする。

「主人、あっちの元気がないから、私にオナニーさせて、それを見て楽しんでいたの」

「そ、そうですか……」

戻ってきた遙香が、彩美と良夫を見て、そして背中を向ける。ハンバーグの用意をはじめている。美味しいだけあって、人気メニューなのだろう。

また、彩美が美貌を寄せてきた。

「オナニー、見たいかしら」

「えっ」

「私のオナニーを見て、おち×ぽ大きくさせたいかしら」

「お、おな……」

ハンバーグを焼く音がする。

「見せてあげていいわよ、良夫さん」

「見せるって……」

「あなた、今、彼女いないんでしょう」

はい、とうなずく。今だけではなくて、生まれてずっといないが。

「じゃあ、いいじゃない。独り者同士、なんの問題もないわ」

決まりね、と言って、彩美はハンバーグに戻る。すでに半分以上食べていた。

良夫はほとんど手をつけていない。すでに、お腹いっぱい状態だ。

彩美がオナニーを見せてくれるという。ふたりきりだ。すでにち×ぽを握られている。やっぱり、オナニーの先はエッチということになりはしないか。

三十年女に縁のなかった俺が、団地に越してきて、いきなり童貞卒業っ。

遙香がこちらを見た。

「あら、お口にあわないかしら」

と遙香が聞いてくる。

「いえっ、美味しいですっ」

と良夫はあわてて、どんどん口に入れていく。

遙香は、うふふ、と笑い、彩美と良夫を交互に見る。すでに、彩美が股間を握ったことを知っているような気がした。彩美が誘っていることとも。

確かに、彩美が言う通り、遙香にひとめ惚《ぼ》れだった。だから、できれば、この後のことは遙香には知られたくはない。でも、オナニーを見せられ、その流れでエッチしたら、いずれ、遙香の耳にも入る気がした。

ご馳走《ちそう》さま、と言って、先に彩美が出ていった。ストゥールを下りる前、またジャージ越しに股間を撫でてきた。勃起したままなのを確認して、彩美はウィンクを寄越してきた。

彩美が出ていくのと同時に、また、客が入ってきた。中年の男性だ。

カウンターに座り、遙香にいろいろ話しかける。良夫と同じ、単身なのだろうか。遙香を狙《ねら》っているのか。

「いやだ、浩介《こうすけ》さん」

と中年おやじ相手でも、名前で呼んでいる。

浩介の方はにやけた顔で、遙香を見ている。なんだ、このおやじは。いや、俺も遙香をこんな目で見ていた可能性が高い。だから、彩美に、遙香が好きなんでしょう、とすぐにわかってしまったのだ。

ということは、遙香にもすでにわかってしまっている可能性が高いか。いや、遙香ほどの美人だと、たいていの男があんな目で見るんじゃないのか。

「ビール、どうですか」

遙香が良夫の前に戻り、聞いてきた。

「あ、ああ……おねがいします」

喉がからからだった。それに、これからの初体験に向けて、もっと緊張をほぐしておきたかった。

遙香がビールサーバーに向かう。

「越してこられた方ですか」

とおやじの方から声をかけてきた。はい、とうなずくと、

「高木《たかぎ》といいます。よろしくおねがいします」

とおやじの方から挨拶してきた。いいおやじじゃないか。

「小林といいます。良夫です。よろしくおねがいします」

とつい、おやじ相手にも名前を教えていた。

「この団地は住み心地がいいですよ。なにせ、遙香さんを筆頭に、住人が美人揃いだ」

「そうですか。そうですね」

遙香や彩美以外にも美人が住んでいそうだった。

5

良夫はドキドキしながら、お向かいのチャイムを押した。すると待つほどなく、ドアが開いた。

「こ、こんばんは……」

彩美は長袖のカットソーからタンクトップに着替えていた。下もスパッツに着替えている。

しかも、ノーブラだった。乳首のぽつぽつが露骨に浮き出ている。エロすぎる熟女未亡人だ。

「良夫さんの硬いおち×ぽを想像しながら待っていたら、身体がすごく火照《ほて》ってしまって」

彩美が妖しく潤ませた瞳を向けてくる。

いきなり彩美が抱きついてきた。耳元に火の息を吹きかけ、ジャージ越しに股間を摑んでくる。

萎《な》えかけていたペニスが、一気に力を取りもどす。

「ああ、うれしいわ。ノーブラの私を見て、こんなにさせているんでしょう」

はい、と動かした口に、彩美の唇が重ねられた。あっ、と思った時にはぬらりと舌が入っていた。

えっ、これって、キスっ、えっ、ただのキスじゃなくて、ベロチューっ！

ねっとりとからんでくる舌は想像以上に気持ちよかった。なにより唾液《だえき》がとろけるように甘い。

良夫も舌をからませる。

「うんっ、うっんっ、うんっ……」

熱い息を吹きかけるようにして、熟女未亡人は濃厚なベロチューを仕掛けてくる。

まさか、こんな形でファーストキスをファーストベロチューを経験することになるとは。

彩美が唇を引いた。

「ああ、久しぶりのキスは燃えるわ」

「はじめて、です……」

と良夫は思わず、そう告白する。

「えっ、はじめてって……キスが？」

「はい。生まれてはじめてです」

「そうなの。うれしいわ」

と彩美が妖艶《ようえん》な笑顔を見せる。さすが熟女未亡人だ。いい年をした男がファーストキスだと告白しても、それを受け止めてくれる。

最初のキスが彩美で良かった。

「でも、私なんかで良かったのかしら。三十になるまで、理想の女性を待っていたんでしょう」

「彩美さんが理想です」

「まあ、うそばっかり。理想は遙香さんなんじゃないのかしら」

なんでもお見通しということか。それでいて、良夫にキスを仕掛けてくるとは、やはり、未亡人となって独り身の夜がつらいのだろうか。

「もっとキスしたいかしら」

はい、と正直にうなずく。すると彩美が唇を重ねてきた。今度は良夫の方から舌を入れていく。

ぴちゃぴちゃと淫《みだ》らな舌音を立てて、からませあう。ただベロチューをしているわけではない。舌をからませつつ、彩美はジャージ越しにペニスを強く握ってきていた。

「ああ、じかに欲しいわ」

と言うなり、彩美がその場にしゃがんだ。

見下ろすと、タンクトップの大きな襟ぐりから、いきなりたわわに実った乳房がすべてのぞけた。乳首も丸見えだ。

感嘆と興奮の中、ジャージがトランクスとともに引き下げられていく。

「あんっ」

と彩美が声をあげた。

「すごいわ。鼻を叩《たた》かれたの」

「す、すいません……」

彩美が反り返ったペニスを摑む。

「すごいわね。キスがはじめてってことは、このおち×ぽ、女性に使ったこともないわけね」

「ありません」

嘘《うそ》偽りなく告白する。相手が年上未亡人だとなぜか、とても素直になれる。見栄を張らなくていいんだ。ありのままの、真性童貞の俺を受け入れてくれるんだ、という気持ちになる。

「そうなんだ。食べ甲斐《がい》があるわね」

彩美が熱い目でじっとペニスを見つめつつ、しごいてくる。

白魚のような五本の指でしごかれるだけでもたまらない刺激となっている。自分でしごくのとはまったく気持ちよさが違うのだ。

しかも、タンクトップから乳房の全貌がのぞけ、視覚的にも股間にびんびんくる。

我慢汁が鈴口から出てきた。

それを見た彩美が、あら、と言うなり、ぺろりと舐め取ってきた。

「あっ、それっ！」

良夫は思わず、大声をあげる。

ピンクの舌が自分の我慢汁で白く汚れるのを見て、あらたな興奮に、どろりと我慢汁を出してしまう。するとまた、彩美がためらうことなく、我慢汁を舐め取ってくる。

「ああ、そんなっ、汚いです」

「おち×ぽから出るものに、汚いものなんてないのよ。それに美味しいの」

と言って、ぺろぺろと鎌首を舐めてくる。

なんて未亡人だっ。まさに女神だっ。

「あ、ああ……彩美さん……」

良夫は彩美の部屋の前で、股間だけ丸出し状態で腰をくなくなさせている。気持ちよくて、とてもじっとしていられない。

「どんどん出てくるのね。やっぱり、ずっと我慢していたのかしら」

「してましたっ。ずっと我慢してましたっ」

「溜《た》めたもの、今夜は全部出していいわよ」

「ぜ、全部出すっ」

未亡人の真っ赤に燃えたおま×こを、おのが精液で白く染める映像が、とてもリアルに浮かび上がり、良夫は暴発しそうになる。

「すごいわ。止まらないわね」

舐めても舐めても我慢汁が出てきて、彩美は唇を大きく開くと、ぱくっと鎌首を咥《くわ》えてきた。

敏感な先端部分がすべて、未亡人の口の粘膜に包まれる。それだけではない。鎌首全体を吸ってきたのだ。吸いつつ、胴体をしごいてきたのだ。

これにはもう、ひとたまりもなかった。

「あっ、出ますっ」

と叫んだ瞬間、良夫は放っていた。

「うっ、うう……」

いきなり射精されて、彩美は目を丸くさせた。が、吐き出すことはせず、そのまま脈動を受け止める。

「あ、あああっ、ああっ」

脈動がなかなか止まらない。

「うぐ……うう、うぐぐ……」

彩美は最初、美貌を歪《ゆが》めたが、すぐにうっとりとした表情になり、喉で受け止め続けている。

良夫は生まれてはじめて、ティッシュ以外のものに、精液を放っていた。当たり前だが、女性の口に放つ快感は、ティッシュに出す快感とは天と地ほど違っていた。

この世に、こんな快感があるのか、と思いつつ、腰をくねらせ続けた。

ようやく、脈動が収まった。

すると、快感だけに浸っていた良夫は我に返った。今日、知り合ったばかりのお向かいさんの口に出してしまったのだ。

「すいませんっ」

とあわててペニスを引こうとしたが、彩美が両手を尻にまわしてきて、それを押さえた。萎えはじめたペニスを吸ってくる。

「あ、あああっ、それっ」

これが、くすぐった気持ちいい、というやつかっ。ＡＶ男優が出した直後にフェラされて、うめいてるのをよく見ていたが、まさか、自分が体験することになるとは。

彩美はしつこく吸ってくる。精汁は喉に溜めたままだ。

「あんっ、ああ、あんっ」

良夫は女のような声をあげて、腰をくねらせ続ける。まだ彩美の家の玄関先だ。誰かに見られたら、団地にいられなくなる。

萎えかけていたペニスが、彩美の口の中で力を取りもどしていく。たった今、出したばかりなのだ。まだ、出した精液が彩美の口の中にあるのに、ぐぐっと太くなっていく。

オナニーではありえないことだ。思春期の頃は連続勃起もあったが、三十になると一度出せば、しばらく萎えたままだ。

それなのに今、やりたい盛りの頃のように、出してすぐに大きくなっている。

ようやく彩美が唇を引いた。

跳ねるように、ペニスがあらわれる。大量のザーメンを放っていたが、ペニスは彩美の唾液に塗り替えられている。

「彩美さん、出してください」

ティッシュと思ったが、そんなものそばにはない。なんせ、玄関先なのだ。いわば、外である。

どうしよう、とあせっていると、彩美がごくんと喉を動かした。

「あっ、彩美さんっ」

まさか、飲んだのかっ。

彩美はあらたにごくんと喉を動かすと、唇を開いて中を見せた。

ザーメンまみれだったはずの口の粘膜が、ピンク色に絖《ぬめ》っていた。

「美味しかったわ、良夫さん」

ありがとう、と言って、ちゅっと反り返ったペニスの先端にくちづけてきた。

「ああ……」

勝手に口に出したのに、それを嚥下《えんか》し、礼まで言われてしまった。

女は、熟女未亡人が一番なのでは、と良夫は思った。

「もう、こんなになっていて、すごいわね。三十年も溜めていたから、一度出したくらいじゃ、おち×ぽは満足しないのね」

「すいません……」

「お礼にオナニー、見せてあげるわ」

そう言うと、彩美は立ち上がり、先に入った。

第二章　お向かい未亡人・彩美

1

リビングに通された。そこに座って、とソファーを指差された。

ソファーの前に置かれた低めのテーブルには、バイブレーターが三本置かれていた。

どれも隆々と勃起している。バイブの隣には、ローションのボトルも置かれている。準備万端だ。

良夫は、これはどうします、という目で、彩美を見た。ペニスは出したままがいいのかと目で聞いていた。

「おち×ぽ、出したままにして。良夫さんのおち×ぽ見ながら、オナニーするから」

はい、とうなずき、良夫はジャージとトランクスを膝《ひざ》まで下げた情けない格好のまま、ソファーに腰かける。格好は情けなかったが、いちもつは我ながら惚れ惚れするほどびんびんに勃起させている。

彩美がテーブルに上がった。

良夫をじっと見つめてくる。いや、良夫ではなく、良夫のペニスだ。でもペニスも良夫の一部だから、良夫を見ていることになる。

彩美がタンクトップ越しに、バストを掴む。するとすぐに、

「あんっ……」

と甘い声を洩らした。瞳は閉ざさず、ペニスを見つめたままだ。

もしかして、俺のち×ぽの形はいいのだろうか。鑑賞するに値する反り返りを見せているのかもしれない。

「はあっ、ああ……乳首、こすれるの……ああ、良夫さん……ああ、彩美の乳首、こすれるの」

甘ったるい声でそう言いながら、彩美はタンクトップ越しにノーブラの胸元を揉《も》んでいる。

するとたわわなふくらみがタンクトップの襟ぐりからはみ出てきた。

乳首があらわれる。それは、つんととがりきっていた。

それを彩美がじかに摘《つ》まむ。こりこりところがしていく。

「あっ、ああ……感じる……ああ、見られていると……ああ、すごく感じるの……ああ、もっと、もっと見て、良夫さん」

はい、とうなずき、良夫はガン見する。

「ああ……見たいかしら……ああ、彩美のおっぱい、見たいかしら」

「見たいです。見たいです、彩美さん」

彩美がタンクトップの裾に手をかけた。ぐっとたくしあげていく。

平らなお腹があらわれる。ウエストは見事なくびれを見せている。

乳房があらわれた。たっぷりと実ったふくらみだ。熟女未亡人らしく、見るからにやわらかそうだ。

彩美はさらにタンクトップをたくしあげていく。乳房の底が持ち上がり、腋《わき》の下があらわれる。そこは、汗ばんでいた。

熟女未亡人の腋の下はエロかった。手入れされたくぼみだったが、そこに女の色香が凝縮しているように見えた。

彩美がタンクトップを首から抜いていく。その間、腋の下は晒《さら》されたままだ。

良夫は食い入るように、熟女未亡人の腋の下を見つめていた。

彩美がタンクトップを脱いだ。スパッツだけになる。

上半身は裸で、下はスパッツというのは、なかなかエロい。

彩美は良夫を、いや、良夫のペニスを見ながら、自らの手で、たわわに実った乳房を摑む。やわらかなふくらみに、白くて細い五本の指が、ぐぐっと食い入っていく。

「はあっ、ああ……」

彩美自身の手によって、彩美の乳房が淫らに形を変えていく。

「彩美さん……」

良夫はそれを見るだけだ。でも、ペニスは出している。あらたな先走りの汁が出てきた。さっきたっぷり出したばかりだったが、まだまだ出し足りないのだ。

「お汁、出てきたね」

はい、と答えるかのように、ペニスがぴくぴくと動く。

「はあっ、ああ……熱いわ……からだがすごく熱いの、良夫さん」

「ぼ、僕も熱いです」

「下、脱いでいいかしら」

「も、もちろんです」

彩美のヘアーが見られる。もちろん、今はネットでいくらでも見ていたが、生ヘアーははじめてだ。

彩美がペニスから目を離さず、スパッツに手をかける。ヒップの方からめくるように下げていく。

股間があらわれた。白のパンティだった。色は意外だったが、デザインがエロかった。

白はシースルーに近く、押さえつけられたアンダーヘアーがべったりと貼りついているのがわかる。

彩美はスパッツを下げていく。太腿があらわれる。熟女未亡人らしいあぶらの乗り切った太腿だ。

とにかく絖白《ぬめしろ》い。太腿と太腿にペニスを挟まれたらどうなるんだろう、と思った。すると、大量の我慢汁が出てきた。

「あっ、たくさん、お汁が出てきたわ」

なにせペニスしか見ていないから、わずかな変化にもすぐ気づく。

彩美がスパッツを脱いだ。白の透け透けパンティだけになると、いきなりテーブルの上でお尻をこちらに向けてきた。そして、ぐっと差し上げてくる。

「あ、彩美さん……」

パンティはTバックだった。それゆえ、むちむちの尻たぼがあらわになっている。

彩美の双臀《そうでん》は見事な逆ハート型を描いていた。

「ああ、お尻を向けたら、おち×ぽが見えなくなって……つまらないわ」

と言うなり、彩美はすぐさま、正面に向き直った。

「あら、垂れてるわ」

彩美がテーブルの端まで両手を伸ばし、上半身を突き出してきた。

ちょうど、ペニスに美貌が届き、舌を出すと、ぺろりと先走りの汁を舐めてくる。

「ああっ」

さっきより、さらに気持ちよかった。

彩美の舌が鎌首にまとわりついてくる。

「あ、あの……お、おっぱい、触っても、いいですか」

「だめよ……おっぱいは、幸彦《ゆきひこ》さんだけの、ものなの」

幸彦というのは亡くなった夫のことだろう。

「す、すいません……でも、ああ、でも……」

摑みたかった。揉みたかった。

「だめよ。手を出してきたら、そこでお終《しま》い」

そんなっ、と心の中で叫ぶ。

触ってはだめ、と言いつつも、パンティだけで鎌首をぺろぺろ舐めている。

もしかして、彩美はSなのか。でも、良夫が出したザーメンは飲んでくれている。Sの女がザーメンごくんはしないだろう。

やはり、亡き夫へ操を立てているのか。でも、身体の疼《うず》きは抑えきれず、良夫のペニスだけを味わっているということか。

彩美が美貌を引き上げた。そして、テーブルに尻餅《しりもち》をつくと、生足をM字に立ててみせる。

透け透けパンティがぴたっと股間に貼りついているが、沁《し》みが浮き出てきていた。濡《ぬ》らしているのだ。彩美も我慢汁を出しているのだ。

「我慢汁が……」

と思わず口に出す。

「良夫さんといっしょね。私もこの一年我慢しているの」

彩美はたった一年だが、良夫は三十年だ。

「一年なんて、三十年に比べれば、ぜんぜんたいしたことないって、今、思ったでしょう」

「すいません……」

「エッチの良さを知ってからの女の一年と、まだなにも知らない三十年はぜんぜん違うのよ」

「すいません」

彩美はペニスから視線を離し、良夫を見つめてくる。その目は妖しい潤みを湛《たた》えている。それは、彼女のおま×この中をあらわしているように見えた。

「あっ」

と唇が動いた。右手の人差し指がパンティに触れていた。クリトリスをなぞっているようだ。

「あっ、あああっ」

M字型の下半身がぴくぴくと動く。

透け透けパンティの沁みが濃くなっていくのがわかる。良夫もあらたな我慢汁を出していた。

彩美の白い指がパンティの脇《わき》から中に入った。

「あんっ」

彩美のあごが反った。

「あ、ああっ、あああああっ」

いきなり、甲高い声をあげ、がくがくとM字の下半身を震わせる。

「いやいや……まだいきたくないっ」

もういくのか。いや、人のことは言えない。さっき、しゃぶられてすぐに良夫もいっていた。

「ああ、ああっ、ああっ、まだだめっ」

と言って、彩美がパンティから指を抜いた。

はあはあ、と荒い息を吐く。そのたびに、乳房がゆったりと揺れる。

「ああ、やっぱり、一人でするのとはぜんぜん違うわ……ああ、さっき、おしゃぶりしたのが大きいのかしら……ああ、きっと、中はぐしょぐしょね。恥ずかしいわ」

彩美がまた、ねっとりとした視線を良夫のペニスにからめてくる。

「ずっと大きいのね……おち×ぽって、ずっと大きいままでいられるのね……幸彦さん、入院する前から勃《た》ちがよくなかったから、すぐに萎えていたの。ああ、良夫さん、たくましいわ」

そう言うと、また、上半身をこちらに伸ばし、美貌を良夫の股間に寄せてくる。

今度はいきなり鎌首にしゃぶりついてきた。

「ああっ……」

鎌首がとろけるような快感に、良夫は下半身を震わせる。

「う、うんっ……うんっ」

彩美が貪《むさぼ》るように唇を動かしてくる。さっきとはまったく違っていた。

「う、ううっ」

下半身を見ると、また、白くて細い指をパンティの脇から入れていた。今度はクリをいじりつつ、しゃぶっているのだろうか。だから、より情熱的になっているのだろう。

「ああっ、いきそう……ああ、すぐにいっちゃいそうなのっ」

ペニスを吐き出し、彩美が訴えかけてくる。

「いっていいかしら……ああ、あなた、いっていいかしら」

良夫ではなく、遠くを見つめて彩美が問うてくる。

なにか返事をした方がいいのか、と思い、

「いっていいぞ、彩美」

と答えた。すると、彩美は、

「ああ、あなたっ……あ、あああっ、い、いく……」

と良夫の目の前であごを反らし、がくがくと裸体を痙攣《けいれん》させた。絖白い肌が汗ばみ、甘い体臭が濃く薫ってくる。

「いくいく……いくっ」

なおも、彩美はいまわの声をあげ続け、ぐぐっと背中を反らせた。

良夫の前に、豊満な乳房が突き出される。

良夫は摑みたい衝動に駆られたが、ぎりぎりの大人の理性で抑えた。

彩美が自分のからだは亡き夫のものだと言ったではないか。オナニーを見せたのは、良夫が襲うような男じゃないと信頼しているからだろう。

その思いは裏切りたくはない。が、目の前でいかれると、物凄《ものすご》く興奮する。もちろん、我慢汁は大量に出ていた。

「ああ……疼くの……いっても、疼くの」

彩美が上半身をテーブルに戻し、バイブレーターを手にした。

良夫の目の前で、いきなり咥えていく。

「ああ、彩美さん……」

生身のびんびんのペニスがあるのに、おもちゃをしゃぶられているのは複雑だったが、仕方ない。

「うんっ、うっん」

本物そっくりのたくましいバイブを、彩美は根元近くまで頬張《ほおば》っていく。すぐさま、唾液まみれになった。

「ああ、あなた……」

夫のものに見立てた疑似ペニスをひとしごきすると、彩美はパンティに手をかけた。

ああ、脱ぐぞ、ああ、ついに、彩美さんの生へアーが拝めるぞ。

彩美がパンティを下げていった。

2

彩美のアンダーヘアーがあらわれた。濃い目の茂みが恥丘を覆っている。

彩美は両足をM字に立てたまま、バイブの先端を股間に持っていく。

「ああ、おち×ぽ、大きい」

反り返った良夫のペニスを見つめつつ、疑似ペニスをぐっと押しつけていく。

すると、見る見るバイブが彩美の中に吸い込まれていく。入れるのではなく、引きずりこまれる感じだった。

「あうっ、うんっ……」

瞬く間に、バイブが半分近く呑《の》み込まれていった。

良夫は呆然《ぼうぜん》とそれを見つめる。

「ああ、あなた、あなた……」

良夫のペニスから視線を離し、再び宙を見つめると、バイブを前後に動かしはじめる。

「あっ、ああっ」

かなり感じるのか、いきなりがくがくと下半身を震わせる。

「ああ、いいの……すごくいいの……童貞の視線、すごく感じるの……」

そうなのか。そんなに女に飢えた目で見ているのか。

確かに彩美はエロい。なにせ、素っ裸で股間にバイブを突っ込んで喘《あえ》いでいるのだ。しかも良夫もペニスを出している。

襲うのが普通かもしれない。でも、良夫は襲わない。紳士というより、やはり、基本草食だからだ。肉食のように、自分から獲物を捕らえにいったりしない。

だから、三十まで、彩美とキスするまで、真性童貞だったといえる。

そして良夫が襲わないと見越して、今、彩美はオナニーを見せつけて感じているのだ。

思えば、玄関先でフェラして、出させたのも、襲わせないための布石かもしれない。さすが、熟女未亡人は違う。

「あ、ああっ、もっと見て……ああ、もっと見て」

「あ、あの……」

「なにかしら」

バイブを前後に動かしつつ、彩美が聞く。茂みから出てくるバイブは、愛液でぬらぬらになっている。

「お、おま×こを見たいです」

「おま×こ……ああ、私のおま×こ……見たいのね」

「見たいですっ」

見せつけられるだけなら、とことん見ないと。

「わかったわ……」

彩美がバイブを抜いていく。茂みから奥まで入っていた疑似ペニスが出てくる。

「あう、うう……」

抜き出す動きに、あらたな刺激を受けるのか、彩美がM字の下半身をくねらせる。

バイブが抜け出た。先端から胴体の半ばまで、愛液でぬらぬらだ。

「ああ、舐めてみる?」

「えっ」

「私のおま×このお汁、舐めてみる?」

「えっ、おま×こ、舐めていいんですかっ」

「だめ。おま×こは幸彦さんだけのものよ。そうでしょう。お汁だけなら、舐めていいわ」

なるほど。バイブについた愛液を舐めるか、と聞いているのだ。もちろん愛液は舐めたい。でも愛液を舐めるということは、疑似ペニスを舐めるということだ。

なんとなく、嫌だ。

「あら、私のおま×このお汁、興味ないのかしら」

彩美がさびしそうな顔をする。

「舐めたいですっ。舐めさせてくださいっ」

もちろん、生まれて一度も女性のおま×この汁は舐めたことはない。次、こういったチャンスがいつ来るかわからないのだ。別に生身のち×ぽを舐めるわけではない。

「さあ、どうぞ」

と彩美が上体をこちらに伸ばし、バイブを突き出してくる。

鎌首が迫ってくる。もちろん、先端はぬらぬらだ。今出たばかりの新鮮な愛液だ。

良夫は舌を出した。彩美が見ている前で、思い切って、鎌首を、いや、愛液を舐める。

すると、あんっ、と彩美が甘い声をあげた。さらにぺろぺろと鎌首を舐めると、じかに舐められているように、あんあん、と彩美が喘ぐ。

疑似であってもペニスを舐めていると、なんか倒錯した気分になってくる。

「どうかしら、お汁の味は」

「美味しいです」

実際は、美味しいのかどうかわからなかった。でも、美味しいと感じた。もっと舐めたいと思い、裏の筋まで舐めていく。

すると、彩美が、ああっ、と声をあげる。

「もうだめ……我慢できない……あなた、ごめんなさい……良夫さん、舐めて、じかにおま×こ舐めて」

バイブを引き上げつつ、彩美がそう言う。

「えっ、い、いいんですか……おま×こ、舐めても」

「いいの……一度だけ、幸彦さんにゆるしてもらうから」

「そうですね。一度だけなら……」

もちろん、バイブについた愛液を舐めるより、おま×こからじかに舐めた方が数倍、いや数百倍いい。

良夫はソファーから下りると、低めのテーブルの前に膝をつく。するとちょうど、目の前に、濃い茂みがある。

そこから、体臭と違う、股間にびんびんくるような匂いが発散されていた。おま×この匂いだ。

良夫はいきなり、熟女未亡人の恥部に顔面を押しつけていった。

「あっ、ああっ」

それだけでも彩美が股間をがくがくと震わせる。

良夫の鼻が茂みに埋まる。その奥から、脳天直撃の牝《めす》の匂いが湧《わ》き出している。

良夫はぐりぐりと顔面をこすりつける。すると偶然、クリトリスを押しつぶす形となり、はあっんっ、と彩美が甲高い声をあげる。

「ああ、見ないのかしら……彩美のおま×こ、見なくていいのかしら」

そうだ。おま×こだっ。おま×こを見ないとっ。

良夫は顔を引いた。そして、茂みの中に指を入れて、割れ目を探る。よくわからない。

「梳《す》き分けて」

そうだ。梳き分けるんだっ。おま×こを前にして、あせりまくっているのがばればれだ。童貞だと正直に告白しておいてよかった。変に見栄を張っていたら、ここで恥をかいていただろう。

梳き分けると割れ目がのぞいた。そこに指を添えくつろげると同時に、おんなの粘膜があらわれた。

黒の中からあらわれたのは、真っ赤に発情したおま×こだった。より鮮烈に見られる。

「ああ、これが、これがおま×こっ。リアルおま×こっ」

もちろんネット上では、飽きるくらいおま×こは見ていた。淡いピンクの花園、土留《どど》色《め》の媚《び》肉《にく》。いろいろ見てきたが、そのどれとも違っていた。

生のおま×こは生きていた。肉の襞《ひだ》が動いて、良夫を誘っていた。その奥から牝の匂いが出ていた。

良夫は誘われるまま、顔を押しつけていった。すると、ぬちゃっと鼻に湿り気を感じた。

そのまま鼻を入れていく。

「あ、あんっ……なに、それ……ああ、へんたい……」

ご主人は鼻をおま×こに入れたりしなかったのだろうか。

「舐めて……舐めて、良夫さん」

そうだ。舐めるんだ。おま×こを舐めるんだっ。

良夫は舌を出すと、おんなの粘膜をぞろりと舐めていく。

「あああっ……」

彩美の股間がひくひくと反応する。肉の襞の群れもざわざわと収縮する。

良夫はさらに舐めていく。彩美のおま×こは大量の蜜《みつ》にまみれていて、ぴちゃぴちゃと舌音が立つ。

「あ、ああ……恥ずかしい……あ、あんっ、気持ちいい……ああ、それ、気持ちいいのっ」

良夫は割れ目をさらに開き、舌先をぬかるみの奥まで入れていく。すると、おま×こがきゅきゅきゅっと良夫の舌を締めてくる。

「う、うう……」

良夫は顔面を牝の匂いに包まれつつ、舌を前後に動かす。

「あ、ああっ、それ、いいっ、ああ、上手よっ、舐めるの、上手よ、良夫さんっ」

そうなのか。俺はおま×こ舐めるの上手いのか。なにせ、これまで経験がないから、上手なのか下手なのかわからない。

「クリも……クリもいじって……」

そうか。両手が空いているじゃないか。ただ舐めるだけじゃなくて、舐めつつ、いじらなくては。

良夫は奥まで舐めつつ、右手でクリトリスを探す。割れ目の上辺りにあると狙いをつけて、指を伸ばす。

すると爪先《つめさき》が肉の芽に触れた。ここだと思い、つんつん突く。

「ああっ、それ、それいいっ……あっ、ああっ、もっとっ、もっと強くしてっ」

熟女未亡人は強い刺激がお好みのようだ。

良夫はクリトリスを摘まむと、いきなりぎゅっとひねった。

「いいっ」

おま×こが強烈に締まった。ぐりぐりと彩美の方から股間をこすりつけてくる。

「う、うう……」

顔面が牝の匂いと愛液まみれになり、窒息しそうになる。このまま昇天したら、幸せだろう。

「吸ってっ、クリ、吸ってっ」

と彩美が叫ぶ。

良夫は顔面をおま×こから引くなり、クリトリスにしゃぶりついていく。愛液まみれの口でクリトリスを含むと、じゅるっと吸った。

「ああっ、ああっ、おま×こ、おま×こ、いじってっ……ふたつ、いっしょよっ……手を遊ばせないでっ」

そうだ。どうも、ひとつに集中しがちだ。なにせ、はじめてのおま×こなのだ。アドレナリンが爆発しすぎて、混乱している。

良夫は言われるまま、クリトリスを吸いつつ、おま×こに指を入れていく。熟女未亡人の媚肉はやけどしそうなくらい火照っている。しかも、ぐしょぐしょだ。

さっきよりさらに愛液があふれてきている。

そこをクリを吸いつつ、まさぐっていく。すると、肉の襞の群れが、ざわざわと良夫の指にからみついてくる。

「いい、いいっ……ああ、あなたっ、あなたいいのっ」

彩美の中では夫に愛撫《あいぶ》されている絵が浮かんでいるのだろうか。

「一本じゃいやっ、二本入れてっ」

とリクエストが来る。そうか、一本でまさぐったら、もう一本増やしていくのか。勉強になる。が、この勉強が次生かされる機会が来るだろうか。

良夫は人差し指に続けて、もう一本、中指を入れていく。

ずぶずぶっと埋め込んでいく感じがたまらない。

「ああっ、搔《か》き回してっ」

はい、と良夫は二本の指で、彩美の蜜壺《みつつぼ》を搔き回しはじめる。

「あっ、あああっ、いい、いいっ、噛んでっ、ああ、クリ噛んでっ」

いいのか。そんなことして、逆に醒《さ》めたりしないのか。

「ああ、いきそうなのっ、あああっ、いかせてっ、ああ、いきたいのっ、あなたっ」

良夫はクリトリスの根元に歯を当てた。

「噛んでっ、いかせてっ」

良夫は熟女未亡人に言われるまま、がりっとクリトリスを噛んだ。

「ひいっ！」

と絶叫し、彩美がぐぐっと股間をせり出した。

良夫は歯を当てたまま、二本の指で激しく媚肉を掻き回し続ける。

「いく、いくいくっ、いくうっ」

いまわの声を叫び続け、彩美が背後に倒れていった。

良夫の口から恥部が離れる。

彩美は全身汗まれにさせていた。はあはあ、とアクメの余韻に浸っている。

良夫は自分のペニスを見た。大量の我慢汁が流れていて、胴体まで白くなっていた。

3

彩美が起き上がった。

「ありがとう、良夫さん」

そう言うなり、彩美がテーブルから下りてきた。

良夫の顔を見て、うふふと笑う。

「顔、お汁だらけね」

と言うなり、良夫の顔面をぺろりと舐めてくる。頬から鼻、口のまわりを舐められる。ぞくぞくした快感に、良夫はうめく。

口も舐めると、そのまま舌を入れてくる。

「うんっ、うっんっ」

さっきより、かなり濃厚なベロチューだ。やはりいかせられて、良夫への気持ちが変わったのだろうか。

「ああ、いった後のキス。美味しいね」

と彩美が言う。良夫への気持ちが変わったのではなく、単純にいった後のキスが良かっただけか……。

彩美は床に膝をついている良夫の股間に美貌を埋めてきた。

瞬く間に、ペニス全体が彩美の唇に包まれる。

「ああっ……」

今度は良夫が声をあげていた。

「うんっ、うっんっ、うんっ」

彩美は顔を上下させて、良夫のペニスを貪り食ってくる。と同時に、右の指先を蟻《あり》の門渡《とわた》りへと伸ばしてきた。

「あっ、そこっ」

蟻の門渡りからさらに指先が伸びて、肛門の入り口をくすぐられた。

「あっ、そこはっ、ケツですよっ」

彩美はうんうんうなりつつペニスをしゃぶり続けている。そして、肛門の入り口をくすぐってくる。

これが、たまらなく気持ちよかった。

「あん、あん……」

と思わず、女のような声をあげてしまう。

彩美が美貌を引き上げた。が、肛門の入り口はなぞったままだ。

良夫は腰をくねらせ続けている。

「お尻、好きなのかしら」

「えっ、いや、わかりません……はじめてだから」

「そうね。キスもはじめてって言ってたわね。舐めてあげようか」

「えっ、舐めるって……ケツの穴をですかっ」

「そう。ケツの穴を」

肛門の入り口をいじりつつ、彩美がぺろりと自分の唇を舐めてみせる。

「き、汚いですよ……」

「あら、良夫さんのケツの穴は不潔なのかしら」

「い、いや、そうじゃないですけど……しかし……」

「四つん這《ば》いになって」

と彩美が言う。

「よ、四つん這い、ですか……」

床に四つん這いになるのは、なんか恥ずかしい。しかも、上はTシャツ、ジャージとトランクスは膝まで下げたなんとも情けない姿なのだ。いっそ、裸になった方がいいのではいか。

「お尻の穴、舐めて欲しくないの」

「欲しいですっ。舐めて欲しいですっ」

と良夫は叫ぶ。

「じゃあ、四つん這いにならないと」

「あ、あの……全部脱いで、いいですか」

「あら、脱ぎたいの」

「なんか、この格好、中途半端で恥ずかしくて」

「そうね。じゃあ、脱がせてあげる」

と言って、彩美がTシャツの裾に手をかけてくる。彩美の美貌が迫る。たわわな乳房も迫る。甘い匂いも迫る。

そんな中、Tシャツをたくしあげていく。

「万歳して」

と言われて、良夫は万歳する。胸板があらわれる。すると、万歳させたまま、彩美が胸板に顔を寄せてきた。そしてちゅっと乳首にキスしてくる。

「あっ……」

思わぬ快感に、良夫は声をあげる。すると、そのまま唇に含み、ちゅうちゅう吸いはじめた。

「あ、あん……あ、あん……」

ぞくぞくした快感に、良夫は女のような声をあげてしまう。まさか、こんなに乳首で感じるとは。自分でいじったこともあるが、別に感じることはなかった。

やはり、女性に吸われているから感じるのだ。

「こっちも」

と言って、もう片方の乳首にも吸いついてくる。

「あ、ああ……あん……」

良夫は両腕を上げたまま、上体をくねらせる。なにか、ますます情けない姿になっている気がする。

彩美が美貌をあげた。両腕からTシャツを脱がせる。

「立って」

と言われ、立ち上がると、ジャージとトランクスを下げていく。

「さあ、裸になったわよ」

裸になったらなったで、四つん這いになるのは、もっと恥ずかしい気がしてきた。が、四つん這いにならないと、ケツの穴は舐めてもらえない。

もしかしたら、これが人生最初で最後のアナル舐めになるかもしれない。

良夫はテーブルの脇で両手をついていく。

すると、彩美が背後にまわった。

「もっとケツをあげて」

とぱんっと尻たぼを張られた。

「あんっ」

不意をつかれた良夫は、思わず、声をあげてしまう。痛いのではなく、気持ちよかったのだ。俺って、もしかしてMの気があるのか。いや、それはないはずだ。

良夫は言われるまま、彩美に向けてぐっと尻を突き出していく。すると尻たぼをなぞられた。

それだけで、またも快感を覚える。Mっ気があるというより、尻が感じやすいのか。

尻たぼを広げられた。

「毛がたくさんね」

「す、すいません……」

「男らしくていいわよ。こういうお尻の穴、好きよ」

俺が好きと言われたわけではない。尻の穴が好きと言われただけだ。でも、尻の穴も俺の一部だから、俺が好きということか。

そんなことをうじうじと考えていると、ぬらりと肛門を舐められた。

「あっ！」

いきなり肛門に電撃が走った。

彩美はまったくためらうことなく、良夫の肛門をぺろぺろと舐めてくる。

「ああ、あああっ、ああっ！」

生まれてはじめてのアナル舐め。それは想像以上の快感をもたらしていた。

彩美がぐっと肛門を広げてきた。とがらせた舌先を尻の穴にねじこんでくる。

「あ、あああっ、ああっ」

気持ちよくて、声が止まらない。

彩美は舌をねじこみつつ、ペニスを摑んできた。ぐいぐいしごきはじめる。

「ああっ、それ、それいいっ、ああ、いいですっ」

尻の穴がまさか、こんなに気持ちいいとは。しかも手コキとのダブル責めだ。

まだ童貞の良夫には刺激が強すぎる。

彩美がもう片方の手も、ペニスに伸ばしてきた。右手でしごきつつ、左手の手のひらで鎌首を包んでくる。鎌首は肛門を舐められた瞬間からあらたな先走りの汁を出していた。

それを潤滑油代わりに、鎌首をこすってくる。

「いい、いいいっ、尻、ち×ぽ、いいですっ」

自分でもなにを言っているのかよくわからない。

四つん這いの身体を女のようにくねらせ続ける。この四つん這いというのも、快感を増す要因になっている気がした。

相手がいての四つん這いというのは、もうどうにでもしてください、というポーズだ。しかも裸だ。

その格好で、ち×ぽと肛門をダブル責めされては、たまらない。

良夫は我慢汁を大量に出し、腰を振り続ける。

我慢汁を天然のローション代わりにして、彩美が強く先端をこすってくる。

「ああ、出そうですっ、もう出そうですっ」

と叫ぶと、鎌首撫でを止める。

「勝手に出しちゃだめよ。さっきは私のお口で受け止めたけど、今、出したら、床が汚れてしまうわ」

「出しませんっ。絶対、汚しません」

「約束よ」

と言うと、彩美はさらに強く鎌首を撫でてきた。そして、肛門に舌先を入れて、ドリル舐めをしてくる。

「ああ、あああっ、だめですっ、ああ、出そうですっ」

良夫は懸命に我慢する。確かに、今出したら、床をザーメンで汚してしまう。それはまずい。

でも、彩美の責めはより激しくなっている。ち×ぽ全体がとろけてなくなってしまいそうだ。

もう、いつ暴発してもおかしくない。

「出ますっ、ああ、出ますっ」

だめ、と思った瞬間、鎌首と肛門から手と舌が離れた。

ぎりぎりで暴発を避ける。

良夫は、はあはあ、と荒い息を吐いて、四つん這いの身体を震わせる。

「出しちゃだめよ」

「出しません」

またも、鎌首を撫でられる。アナルではなく、尻の狭間《はざま》を舐めてくる。これが
また、ぞくぞくとした快感をもたらしてくる。

「あっ、出ますっ、ああ、だめですっ」

彩美が鎌首撫でを止めたが、今度は間に合わなかった。

「おう、おうっ」

と吠《ほ》えて、彩美の手のひらに暴発させる。

さっき彩美の口の中に大量にぶちまけたのが嘘のように、ドクドク、ドクドク
と射精する。

しまった、と思ったが、もう遅い。射精は自分ではコントロールできないこと
を、あらためて知る。これまではオナニーだったから、自分自身でコントロール
できていた。

が、相手があると、そうもいかない。

「あら、汚したわね」

「すいません……」

「ゆるさないわ」

手のひらでなおも射精を受けつつ、彩美がぱんぱんと尻たぼを張ってきた。

四つん這いでの射精しつつの、尻打ちは、屈辱でもあり、あらたな快感でもあった。

良夫は、すいませんすいません、と謝りつつも、四つん這いの裸体をくねらせ続けた。

第三章　トレーニング室での誘惑

1

翌朝——八時過ぎに、カフェウィドゥを訪ねた。

するとけっこう混んでいた。ジャージ姿のお年寄りに混じって、スーツ姿の中年男性がちらほらいた。

昨晩会った高木もいた。相変わらずカウンターにいた。なにやら、遙香と楽しそうに話している。

「おはようございます」

と良夫を見かけた遙香が挨拶してきた。良夫は、おはようございます、と挨拶をして、カウンターに座る。

一人だから、ということよりも、少しでもそばで遙香を見ていたかった。恐らく高木もそうだ。

「あら、小林さんはリモートかい」

と高木が聞く。はい、とうなずくと、

「うちもリモートになって、ここに越してきたんだけど、また、出社が増えてきてね」

あっ、時間がない、と言って、高木はコーヒーをごくんと飲むと、出ていった。

するとカウンターは良夫だけとなる。

「なににしますか、良夫さん」

と名前で呼んでくれる。それにドキンとする。

良夫は朝食はとらない派だった。社会人になって八年になるが、一度も朝食をとったことがない。が、今日は朝から遥香に名前で呼んでもらいたくて、モーニングを食べに来ていた。

それに、始業時間は九時からだったが、通勤電車の時間がないぶん、朝に余裕もあった。

「じゃあ、Aセットを」

と言うと、はい、と返事をした遥香が意味深な顔で、良夫を見つめる。

「な、なにか……」

「昨日、彩美さんとどうでしたか」

といきなり聞いてきた。

「ど、どうって……」

良夫は狼狽《うろた》える。誘われたのを、聞いていたのか。

「いや……」

遙香はそれ以上詮索《せんさく》せず、コーヒーはいつがいいですか、と聞いてくる。先にと言うと、はい、とコーヒーを煎《い》れはじめる。

「良夫さん、リモートなんですって」

と遙香が聞いてくる。はい、と答えると、

「部屋で行き詰まったら、いつでも来てくださいね」

「ありがとうございます」

そうか。その手があったか。モーニングやランチタイムだけでなく、ちょっとした息抜きで、コーヒーを飲みに来ればいいのだ。カフェだから一日やっている。

今日の遙香はノースリーブのカットソーにエプロンをつけていた。剝き出しの二の腕の白さが眩《まぶ》しい。セミロングの髪もアップにしていて、うなじがのぞいている。

今日も見ているだけでドキドキだ。

「昨日は眠れましたか」

トーストを焼きつつ、遙香が聞いてくる。

「は、はい……よく眠れました」

引っ越し疲れに加えて、彩美相手に二発も出したのだ。一晩で二発出したのも、かなり久しぶりだ。しかも、オナニーではなく、リアルの女性相手に出したのだ。

まあ、出したとはいっても、おま×こにではないが……。

「あら、そうですか」

と遙香が意味深な目を向けてくる。えっ。もしかして、彩美とやった、と遙香は思っているのではないのか。

それは違うっ。二発も出したが、やってはいない。童貞のままだ。クンニはしたが、彩美の中には入れていない。

「誤解ですっ」

と思わず、声をあげていた。

「えっ……誤解って……」

と遙香が怪訝《けげん》な表情を向けてくる。

まずい。あせりすぎて、思っていたことを口に出してしまった。

「いや、その、なんでもないです……」

「変な良夫さん」

トーストが出来た。遙香はキッチンに戻り、卵を落とす。Aセットはトーストとサラダに、目玉焼きに、コーヒーだ。

目玉焼きはすぐに出来た。どうぞ、と遙香がトレイに乗せたAセットを出してくる。

「美味しそうですね」

「普通の朝ご飯ですよ」

「いや、これまで朝食とってなかったから」

「そうなんですか。じゃあ、これから毎日、遙香のモーニングを食べてくださいね」

と言って笑顔を見せてくる。ああ、なんて綺麗なんだ。ああ、今すぐにでも、遙香と結婚したい。

未亡人だとは言っていたが、彼氏はいるのだろうか。これだけの美人だ。独り身になると、男がすぐに寄ってくるに違いない。

「おはようございます」

と遙香が入り口に顔を向けて挨拶した。

「おはよう」

と言って、女性がカウンターに近寄ってくる。良夫は一瞬、誰かわからなかった。

「おはよう、良夫さん」

と隣に座った女性が顔を寄せてくる。

「あっ、彩美さん……」

「寝ぼけているのかしら」

彩美はメニューを見て、Bランチをおねがい、と言う。

「彩美さんは出勤ですか？　リモートだと聞いていたと思いますけど」

と遙香が聞く。そうなのだ。彩美は紺のジャケットに白のブラウス、そして紺のパンツスタイルだったのだ。

昨晩の妖艶な感じとはまったく違い、出来るキャリアウーマンという雰囲気だった。実際、彩美はとある企画部署の課長だと聞いている。

「そうなの、出社しなくていいの。でも、なんか、落ち着かなくて。普段着のままモーニング食べていいのかしらと思って。いつもは、会社近くの喫茶店でモーニングを食べているの」

「そうなんですね」

「それに、この後、すぐにリモート会議だから、やっぱり、気合いを入れておかなくちゃと思って」

と言って、彩美が良夫を見る。良夫は上下ジャージである。髪も寝癖がついている。見るからに、まったく気合いが入っていない。

「さすがですね」

と遥香が感心の目で彩美を見つめる。

彩美は持参した電子パッドを見はじめる。その横顔は、すでに仕事モードだ。

昨晩の、エロエロ熟女未亡人とはまったく違う。

冷静に考えれば、これが当たり前だと思う。彩美は社会人なのだ。朝からエロエロモードなわけがない。

けれど、昨晩、カウンターの下でいきなり股間を摑んできた彩美のことを思うと、あまりの違いに驚いた。が、同時に、ジャケットにパンツ姿の出来るキャリウーマン姿に、あらたな興奮を覚えてもいた。

出来るキャリアウーマンを装っているが、ジャケットを脱げば、オナニーを見せつけていきまくる淫らな身体が潜んでいるのだ。

Ｂセットが彩美の前に置かれる。彩美は電子パッドを見ながら、トーストを食べはじめる。

思わず、唇に目が向く。あの口でしゃぶられたのだ。

股間が熱くなり、勃起していく。

「コーヒーのお代わり、どうですか」

と遥香が聞いてくる。はっとして、彩美の唇から、正面に視線を向ける。

遥香が美しい黒目でじっと良夫を見ている。

ああ、朝っぱらから、美人に囲まれ、なんて幸せなんだろうか。

「い、いただきます」

お代わりのコーヒーを飲んでいると、彩美の携帯が鳴った。彩美は携帯に出ながら、カフェを出ていく。朝から忙しそうだ。

今度はパンツが貼りつく彩美のヒップラインを見てしまう。いい尻だ。おま×こだけじゃなく、尻も舐めておけばよかった。

すぐに戻ってきて、彩美はマッハのスピードでモーニングを食べ、ご馳走さま、と言って、出ていった。

昨晩、本当に俺は彩美の口と手に一発ずつ出したのだろうか、と思いはじめていた。もしかして、あれは俺の妄想だったんじゃないのか。真性童貞をこじらせて、彩美にフェラしてもらった夢を見ただけなんじゃないのか。

いや違う。間違いなく、俺は彩美の口に出したのだ。

「彩美さん、オンとオフがはっきりしていて、素敵ですね」

と遥香が言い、そうですね、と良夫はうなずいた。オフになったら、またエロモードになるのだろうか。

2

リモート初日は支障なくやれていた。そもそも、出社しても、ほとんどの時間、ディスプレイに向かって、キーを叩いているのだ。

場所が都心から郊外に変わっただけで、他に変わりはない。

ひとつ心配だったのが、エロモードの彩美が仕事の途中で、誘ってくるのではないか、と昨夜は思っていたのだが、それはまったくの杞憂《きゆう》だった。

仕事に集中できるのはよかったが、なにか物足りなさを覚えていた。

驚くことに、会社では女っ気ゼロだったのに、団地に越していきなり彩美に出してもらい、それがなさそうだと、女っ気がないなとつまらなく思いはじめていることだった。

ランチタイムになり、遥香と会うか、と部屋を出る。相変わらずジャージのままだ。団地の中をうろうろするぶんには、これでいいから楽だ。

なんか、付き合っている彼女が働く店で飯を食うか、という気持ちでいることに、我ながらあきれる。

良夫はB棟を出て、A棟に入る。お昼の時間だからか、通路にけっこう人がいる。弁当屋に人だかりが出来ていた。美味しいのだろうか。でも、俺は遥香のカフェでランチだ。

「あら、新しい入居者の方ですか」

と弁当屋の前で、女性に声をかけられた。

自分じゃないかと思いつつも立ち止まり、女性の方を見た。

おっ、可愛《かわい》い。

二十歳《はたち》過ぎくらいだろうか。くるりとした大きな瞳が印象的な美人だ。栗色の髪をポニーテールにしている。ラフなTシャツにジーンズ姿だった。そんなラフな格好が、若さゆえにとても似合っていた。

「新しく越してきた方ですよね」

とくるりとした目で良夫を見つめ、二十歳くらいの美女がまた聞いてきた。

「えっ、は、はい……そうです」

「やっぱり。弁当どうですか」

と美女が並べられた弁当を勧める。その間に、次々と美女に弁当が差し出され、手際よく捌《さば》いていく。一人一人に、元気よく、ありがとうございます、と礼を言う。

人だかりがなくなり、いつの間にか、良夫だけになる。かなり弁当は減っていた。

「すごいね。あっという間になくなってきた」

「うちの弁当、美味しいんですよ」

どれも五百円でリーズナブルだ。良夫の会社は都心にあり、ランチもたいてい千円はした。思えば、昼飯代半額である。しかも、売り子が可愛い。

「どうですか」

遙香の店でランチの予定だったが、この美女を振り切ることができない。

「じゃあ、それを」

とハンバーグ弁当を指差す。ありがとうございます、と美女が満面の笑みを浮かべる。

「一人でやっているの？」

「ランチの時だけ、手伝っています」

「バイトかな」

「はい。大学があるんで。ちょっとだけです」

「大学生なの」

「はい。M女子大の三年生です」

となると、二十一くらいか。

「リモートですよね」

「そうだね」

「じゃあ、またお会いできますね。菜々美《ななみ》といいます」

と美人女子大生が、いきなり名前を教えてくれた。

「あっ、ぼ、僕は良夫です。小林良夫」

「良夫さん」

　またも、会ったばかりの美女に名前で呼ばれ、股間が疼く。やはり、団地内ということが、あるのだろうか。妙な親近感があるのだ。ということは、菜々美もこの団地の住人か。

「菜々美さんもここに住んでいるの」

　と大胆にも、美人女子大生を名前で呼ぶ。まあ、名字を知らないから、名前で呼ぶしかなかったが。

「はい。C棟に母と住んでいます」

「そうなんだ」

　もしかして、未亡人かも、と思ったが、さすがに初対面では聞けない。

　新しい客がやってきた。菜々美がそちらの相手をはじめたのを潮に、良夫は自室に戻った。

　ハンバーグ弁当はけっこういけた。これなら毎日昼は弁当でもよかったが、遥香のランチがある。明日は遥香のランチにしないと。

　でも、その時、菜々美の弁当屋の前を通ることになる。菜々美は声をかけてくるだろう。それを振り切れるだろうか。

　なんか、急に女問題で悩みはじめていた。傍《はた》から見れば、たいしたことではないだろうが、三十年童貞でいる良夫にとっては重大問題であった。

三時過ぎ、良夫は部屋を出た。コーヒーの時間にしようと思ったのだ。ランチタイムに遙香の顔を見られなくて、午後はあまり仕事が捗《はかど》っていなかった。

ノートパソコンを手にして、A棟に向かう。ただコーヒーを飲むより、パソコンを前にして仕事している風を装った方が、遙香のウケがいいかな、と思ったのだ。弁当屋は閉まっていた。昼と夕方だけ開けているようだ。

カフェウィドゥに入った。

いつもなら、すぐにいらっしゃいませ、と声がかかるのだが、違っていた。カウンターの奥に遙香はいたが、正面に座る男となにやら話している。なにか難しい顔をしている。

男ははじめて見る顔だった。雰囲気的に、この団地の住人ではないような気がした。四十前後だろうか。シャツにコットンパンツというラフな格好をしている。カウンターには近寄りがたい雰囲気があり、良夫は少し離れたテーブル席に座った。この時間、客はその男だけだった。

遙香が良夫に気づいた。良夫を見て、なにか救いを求めるような目になった。

いったいどういうことだろう。

「いらっしゃいませ」

と声をかけると、こちらにやってくる。笑顔を作るが、強張《こわば》っている。

「お昼はどうされたんですか」

と遙香が聞いてくる。まさか、そう聞かれるとは思っていなかった良夫はあせる。

「あ、あの……弁当を……」

と思わず、本当のことを言ってしまう。

「菜々美ちゃんの弁当ですね。可愛いですものね、菜々美ちゃん」

「えっ、いや、そういうわけでは……」

うふふ、と遙香が笑う。やっと笑顔を見せてくれた。

そして、ぐっと美貌を寄せてくると、

「菜々美ちゃんだけじゃなくて、遙香もご贔屓《ひいき》にしてくださいね」

と甘い息を吹きかけるようにして、そう言った。顔が近くて、ドキリとする。

カウンターの男がこちらを見て、にらんでいた。えっ、なに。あの男は何者なんだ。

「この時間は、ケーキも出しているんです。今日はモンブランですけど、いかがですか」

美貌を寄せたまま、遥香がそう言う。

「じゃあ、コーヒーといっしょに……」

遥香の向こうに見える男が気になる。まだ、こちらをにらみつけている。刺しそうな雰囲気だ。

遥香が戻っていく。男の視線が、良夫から遥香に移る。遥香は中に入ると、キッチンに向かう。

男だ。遥香の男だ。でも、遥香はうれしそうではない。別れ話でも出ているのだろうか。

「遥香ちゃんっ」

と男が遥香を呼ぶ。が、遥香は背を向けたままだ。遥香ちゃんっ、と大声で呼ぶ。

すると遥香が振り向き、カウンターの前に立つ。男が手を伸ばし、遥香の手を握ろうとするのが見えた。すると、遥香がその手を振り払った。

「どうした、遥香ちゃんっ」

「帰ってくださいっ」

と遥香が言う。

「男かっ、新しい男が出来たのかっ」

と言って、こちらをにらみつける。えっ、男って。俺のこと！

遥香はなにも言わない。否定も肯定もしない。えっ、否定しないのっ。

「……違います……」

否定した。が、きっぱりという感じではない。なにか含みを残した否定の仕方だ。

「男だな。どうして、俺じゃないんだっ」

と叫ぶ。彼氏ではないようだ。遥香ちゃんっ、とまた手を握ろうとする。

「帰ってくださいっ」

と遥香が叫ぶ。また、救いを求めるような目を良夫に向けてきた。ここは間に入るべきではないか、と思ったが、こういうことに慣れていない良夫は、なかなか身体が動かない。

「また、来るっ」

と言い、またも、良夫を物凄い目でにらみつけ、そして出ていった。

遥香がモンブランとコーヒーを乗せたトレイを手に、こちらにやってくる。ドストライクの美貌は強張っている。

「モンブランです」

と言って、テーブルに置く。そして、正面の椅子《いす》に座った。

じっと良夫を見つめてくる。その美しい瞳に涙がにじんでいた。

「あの男、冴島《さえじま》というんだけど、しつこいんです……」

「彼氏ではないんですか」

「ううん。ぜんぜん……私、夫とS市で喫茶店をやっていたんです」

S市はここから電車で二時間くらい離れたところだった。かなり離れた場所から、この団地に越してきているようだ。

「冴島はその時の常連で、夫が亡くなった後、一人でやりはじめてからは、口説くようになってきたんです」

良夫は、そうですか、と相づちを打つ。

「そのうち、入り浸るようになってきて……もう、仕事にならなくなってきたんです。そんな時、この団地のことを知って、カフェが出来ると聞いて、三ヶ月前、ここに越してきたんです」

「まだ、三月くらいなんですね」

「はい。でも、ここがあの男に見つかってしまいました……良夫さん、どうしたらいいのかしら」

と問うような目で遙香が良夫を見つめてくる。それだけではなく、テーブルの上に乗せていた良夫の手を手のひらで包んできたのだ。

さっきの逆だ。もちろん、良夫は振り払わない。なんせ、ドストライクの美貌の持ち主なのだ。手を重ねられただけで、心臓がばくばく鳴っている。

「また、来ますかね」

「はい。来ます」

と遙香がうなずく。じっと涙をにじませた瞳で見つめてくる。

たまらない。なにか言わないと。でも、なにを言ったらいいのか、わからない。

咄嗟《とっさ》に気の利いた言葉が出てこない。まあ、ここですぐに気の利いた言葉が出るようなら、三十まで真性童貞でいることもなかっただろう。

「あ、あの……」

「はい」

「あの……」

女性たちの話し声が入り口の方から聞こえてきた。遙香が手を離し、振り向いた。

「いらっしゃいませっ」

すぐに立ち上がり、いらっしゃいませ、と去っていった。いきなり四人の中年女性が入ってきて、カフェウィドゥはにぎやかになった。

3

夕方、良夫はTシャツに短パン姿で、C棟に向かった。C棟に、ちょっとしたトレーニング施設があると聞いていたのだ。

普段運動しない良夫だったが、通勤がなくなると、身体が鈍ることに気がついた。通勤というのは、ちょっとした運動になっていたことに気づく。

それに、遙香と男のことが気になって、気分転換にと施設を訪ねることにしたのだ。

C棟の一階にそのトレーニング施設はあった。混んでいたらやめよう、と思い、ドアを開ける。

かなり狭かった。トレーニング施設と聞いていたが、ランニングマシンが三台置かれているだけだった。とりあえず、用意してみました、という施設だった。が、良夫は失望したわけではない。良夫の目は輝いていた。

一人、ランニングマシンを使っていたのだが、それが、菜々美だったのだ。

菜々美はスポーツブラにレギンスでマシンを使っていた。

ドアの方からは、すらりとした後ろ姿が見えるのだが、華奢《きゃしゃ》な背中がほぼあらわで、ぴたっと貼りつくレギンス越しに、ぷりっと張った女子大生のヒップが拝めた。

走るたびに、ポニーテールが弾んでいる。

狭いゆえに、室内は菜々美の汗の匂いでむんむんしていた。

菜々美が人の気配を感じたのか、走りつつ、振り向いた。

「あら、良夫さん」

良夫を見て、笑顔になった。しかも、いきなり名前を呼ばれていた。覚えていてくれたようだ。まあ、弁当屋だから、客の名前を覚えていただけだろうが、それでもうれしい。

「どうぞ、空いてますよ」

と隣を指差す。

良夫はすぐに、中に入り、菜々美の隣のランニングマシンに乗った。すると、菜々美のバストが視界に飛び込んでくる。それは、まさに飛び込むという感じだった。

スポーツブラに押さえ込まれていても、かなりのボリュームがあるバストだった。

これはすごい、おっぱいだっ。

スポーツブラはしっかりと豊満なふくらみを包んでいたが、それでも白い隆起がこぼれそうだ。

しかも、駆けているため、上下に弾んでいる。鎖骨から乳房の上部にかけて、汗の雫《しずく》が浮き上がり、それが次々と深い谷間に流れこんでいる。

まさに絶景である。平らなお腹がのぞき、レギンスがぴたっと股間に貼りついている。

かなり走っていたのか、剝き出しの肌は汗ばみ、菜々美は走りつつ、タオルで首筋を拭《ぬぐ》っている。

「そのスタートボタンを押してください」

ランニングマシンに立ったまま、なにもしてない良夫に、菜々美がそう言ってきた。

「あっ、ああ……」

そうだ。俺は運動をしに来たんだ。本来の目的を思い出し、スタートボタンを押す。すると、床が動きはじめる。

良夫も走りはじめる。菜々美は真っ直《す》ぐ前を見て、姿勢よく走っているが、良夫はどうしても、ちらちらと横を見てしまう。

とにかく、汗の甘い匂いがたまらないのだ。だから、どうしても汗の匂いに引き寄せられて、見てしまう。

「意外と狭いね」

と良夫から話しかける。菜々美は話しかけやすい雰囲気があった。

「私もはじめて来た時はびっくりしましたけど、でも、そのぶん、誰も来ませんから」

「そうなの」

「はい。この団地に越してきて一年になりますけど、隣に誰か走っているのは、はじめてです」

「へえ、そうなんだ」

団地の住人はまったく使っていないらしい。となると、このまま、菜々美とふたりきりで、ランニングということになる。

「独占ですよ」

と言って、菜々美がこちらを見て、白い歯を見せる。

一瞬、私の身体を独占ですよ、と聞こえて、ドキリとする。

「あら、仲よさそうに走っているわね」

と背後から彩美の声がした。振り向くと、菜々美と同じくスポーツブラに、ショートパンツ姿の彩美が立っていた。

こちらの胸元もぱんぱんに張っている。

「あなたは？」

と彩美が菜々美に聞く。

「川村《かわむら》菜々美といいます。弁当屋にいますから、弁当よろしくおねがいします」

とちゃっかり宣伝する。

彩美は、寺本《てらもと》彩美と名乗り、良夫の隣のランニングマシンに乗ってきた。そこではじめて彩美の名字を知った。

いきなり両手に花状態となる。

彩美はランニングマシンを使い慣れているのか、正面にあるパネルをぴこぴこタッチしている。そして、走りはじめる。

「びっくりです。一年も私だけで走っていたのに、いきなり、おふたりといっしょになるなんて」

「よろしくね」

と彩美が良夫を挟んでそう言う。

「よろしくおねがいします。なんか、楽しいですね。やっぱり、三人で走ると」

「そうね」

良夫を挟んで女同士、会話している。

すぐに右手の彩美から、甘い体臭が薫りはじめる。菜々美のさわやかな汗の匂いとは違い、股間に直接訴えかけるような匂いだ。

女子大生の汗の匂いと熟女未亡人の汗の匂いに挟まれ、良夫ははやくも股間に異変を覚える。勃起しはじめたのだ。走るからとトランクスからブリーフに穿き替えてきていたが、すでにきつきつだ。

「良夫さん。もっとペースをはやめた方がいいわよ」

と彩美が手を伸ばし、良夫の正面のパネルをぴこぴことタッチする。すると、はやくなってきた。

まずい。勃起した先端が強くブリーフにこすれてしまう。足を動かすたびにこすれるから、ずっと刺激を送っているようなものだ。

しかも、左右からの汗の匂いはより濃くなってきて、さらに、菜々美と彩美の呼吸も激しくなってくる。

「あんっ、あんっ」

「ああ、はあっ、あん、あん」

と甘い息づかいが左右から聞こえてくる。特に彩美の声がびんびんくる。

「私ももっとはやくしよう。やっぱりいっしょに走る人がいると、やる気が出ますね」

とまた、菜々美が良夫越しに、彩美に話しかける。

左右のふたりの息づかいがさらに激しくなる。ちらちらと見ると、菜々美の胸元も彩美の胸元も弾んでいる。菜々美はさらに汗ばみ、二の腕は、あぶらを引いたようになっている。

たまらない。童貞男には刺激が強すぎる。足を動かすたびに、ずっと鎌首をこすっていて、思わず暴発させそうだ。さすがに、ランニングしつつ射精はできないと、ぐっと我慢する。

それからしばらく、良夫にとって、天国であり地獄のような時間が過ぎた。二種類の甘い体臭に臭覚を刺激され、ブリーフで鎌首を刺激されつつ、ぎりぎり射精を耐えていた。

「あっ、もうこんな時間っ。お先に失礼します」

タオルで二の腕や鎖骨辺りの汗を拭いつつ、菜々美が出ていった。

彩美とふたりきりとなる。すると、彩美の体臭がより濃くまとわりついてきた。

「昨日は、いかせてくれて、ありがとう」

「い、いいえ……僕も二発出して、最高でした」

「すっきりしたせいかしら、今日はとても仕事が捗ったの。リモートワーク、向いているかもと思ったわ。良夫さんはどうかしら」

「リモートワーク、最高です」

仕事自体は出社している時となんら変わりはなかった。それよりも、変わったのは、女関係である。一日の間に、遙香、彩美、そして菜々美としゃべり、最高の一日となっていた。

これまで、一日の間に、こんな美女三人と会話をしたことさえなかった。

「でも、あのね……」

と言って、彩美がじっと良夫を見つめてくる。

「さっきから、むらむらするの」

「えっ」

「良夫さんの汗の匂いに」

そう言うと、彩美は自分と良夫のランニングマシンを止めた。

4

彩美が良夫に抱きついてきた。Tシャツ越しの胸元に汗ばんだ美貌を埋めてくる。

ぐりぐりと顔を押しつけつつ、短パンの股間を摑んできた。

「あら……」

彩美が美貌を上げて、良夫を見つめてくる。

「すいません。さっきから勃っていて……」

「勃たせたまま、走っていたのかしら」

く。

「馬鹿ね。つらかったでしょう」

と言いつつ、右手で股間を摑んだまま、左手でTシャツの裾をたくしあげてい

汗ばんだ胸板があらわれると、彩美はじかに汗ばんだ美貌を押しつけてくる。

乳首をぺろりと舐められる。

「あっ……」

ぞくりとした快感を覚える。

「ああ、しましょう」

「えっ」

「ここで、しましょう、良夫さん」

そう言うと、彩美はドアへと向かい、かちゃりと内側から鍵《かぎ》をかけてしまう。

そして、スポーツブラに手をかけると、両腕を胸元で交叉《こうさ》させつつ、脱いでいく。

腋の下があらわれる。そして、たわわな乳房があらわれた。汗の雫が谷間に溜まっている。乳首はつんとしこっていた。

「ああ、私も途中から乳首がブラにこすれて、変になりそうだったの」

と言いながら、こちらに迫ってくる。一歩、足を運ぶたびに、豊かに実った乳房が重たげに揺れる。

彩美は全身で良夫を誘っていた。

彩美は良夫の前でショーパンに手をかけた。ためらうことなく下げていく。すると、股間に貼りつくパンティだけになる。

パンティもスポーツタイプのものだったが、割れ目に当たっている部分が沁みになっていた。グレイゆえに、もろにわかる。

「ああ、見て……おま×こから、あふれているの。走りながら、いきそうになったわ」

「僕も出しそうでした」

「なにをしているの。良夫さんもはやく全部、脱いで」

と言いつつ、彩美が最後の一枚も下げていく。濃い目の茂みがあらわれる。

全身汗まみれの裸体からは、むせんばかりのエロスが放たれている。

こんな身体を見せつけられて、入れたい、と思わない方がおかしい。

良夫はあわててTシャツを脱ぎ、短パンを下げていく。すると、ぱんぱんに張ったブリーフがあらわれる。

良夫もグレイだった。鎌首が当たっているところが、沁みになっている。

それを見て、お揃いね、と言って彩美が笑う。

そして、そばに寄ると、唇を寄せてきた。口と唇が重なる。すぐさま、ぬらりと舌が入ってくる。

「う、うんっ、うっんっ」

お互い相手の舌を貪るように吸っていく。

彩美は舌をからめつつ、ブリーフを脱がせてくる。すぐさま、弾《はじ》けるように勃起させたペニスがあらわれる。彩美は唇を重ねたまま、ペニスを掴み、しごきはじめる。

「う、ううっ、ううっ」

良夫は彩美の唾液を堪能《たんのう》しつつ、腰をくねらせる。

「もうっ。キスだけじゃだめよ、良夫さん。キスしながら、おっぱいを揉むの」

「ああ、すいません……つい……ひとつのことに集中してしまって」

昨晩もそうだった。クリを舐めれば、クリ舐めだけに集中してしまう。クリを舐めつつ、指でおま×こをいじってと指導されていた。

相手が年上の熟女未亡人だから、まだゆるされたが、年下の女性だと、心の中でいっしょにして、と思っても、指導してくれないだろう。

これだから童貞くんは、と思われるだけだ。

年下。良夫の脳裏に、菜々美の肢体が浮かぶ。

「あら、ひとまわり大きくなったわ。どうしてかしら?」

「えっ」

「遙香さんね……いや違うわ。菜々美ちゃんのからだを想像したのね」

「違いますっ」

「どうかしら」

彩美が責めに出た。右手で胴体をしごきつつ、左手の手のひらで鎌首を撫ではじめる。

「あ、ああっ、そ、それっ、ああっ、それだめですっ」

良夫はさらに腰をくなくなさせる。気持ちよすぎて、じっとしていられない。

「菜々美ちゃんを思って大きくさせたって、白状しなさいっ」

そう聞きながら、乳房を胸板にこすりつけてくる。密着状態となる。お互い汗ばんでいて、ぬらりとした感触を呼ぶ。

「違いますっ、彩美さんで大きくさせているんですっ」

「このまま出す？　それとも私のおま×こに出す？」

「えっ、お、おま……おま×こっ」

「どっちがいいかしら」

鎌首を手のひらでこすりつつ、彩美が聞いてくる。

「お、おま×こに出していいんですかっ」

「正直に言ったらね」

「正直に言ってますっ。彩美さんで、彩美さんの身体を見て、大きくさせたんですっ」

おま×こに出したい思いで、良夫は心の底からそう叫んでいた。実際は、菜々美を思って大きくさせていたが、彩美で大きくさせた、という思いでいっぱいになっていた。

「彩美さんっ、彩美さんっ」

と名前を叫び続ける。

「菜々美ちゃんじゃなくていいのかしら」

「彩美さんがいいんですっ。彩美さんのおま×こがいいんですっ。おま×こに出させてくださいっ。もう、外には出したくありませんっ」

とまたも、叫んでいた。それは三十年溜めに溜めてきた心の叫びであった。

そんな強い思いに、圧倒されたのか、

「いいわ。入れて」

と彩美が言い、ペニスから手を引いた。

「あ、あの、ここで、入れるんですか」

「そう。ここで」

まさか、こんなところが初体験の場所になるとは。しかし、この絶好のチャンスを逃したら、また、いつチャンスがやってくるかわからない。

今、彩美は乳首をブラカップでこすって興奮しているのだ。それを収めるために、入れて欲しい、と言っているのだ。

気が変わらないうちに、入れるべきだ。童貞を卒業すべきだ。

「ありがとうございますっ」

と礼を言うなり、彩美に抱きつき、そのまま押し倒していく。

あっ、と声をあげて、彩美が背後に倒れていく。ちゃちなトレーニング室の床に押し倒す形となった。

「ここでいいんですね」

「ああ、ここがいいの……燃えるの」

良夫にとっては人生で記念すべき童貞卒業の日だったが、熟女未亡人にとっては数え切れないくらいのエッチの中の一発に過ぎない。だから、むしろ、ベッドではなく、こういった場所が燃えるのだろう。

彩美が燃えるのが一番だ。ベッドの上で恋人同士みたいなエッチを、と夢見ていては、一生童貞のままだ。それはいやだ。今だ。今入れるのだ。今、卒業するのだ。

「あ、あの、いきなり、入れていいんですか」

「いいわ。もうぐしょぐしょよ。触ってみて」

と彩美に言われ、失礼します、と良夫は右手の人差し指を茂みに忍ばせる。ぐっと入れると、すぐさま、ぬかるみに包まれた。

「ああ、熱いです。すごく熱いです」

そう言いながら、ずぶりと中に入れていく。

「ああっ……」

指一本でもかなり感じるのか、肉襞がざわざわと人差し指にからみついてくる。

良夫は奥までまさぐっていく。

「あ、ああっ、指でいいのかしら……ああ、指でいいの？」

そうだ。指でおま×こをいじって喜んでいる場合ではない。

良夫は指を抜くと、ペニスを摑んだ。先端は先走りの汁で真っ白だ。走っている時、ずっと刺激を受けていたから、熱いおま×こに入れたら、即発射しそうだった。

「ああ、はやく、良夫さん」

良夫は白い先端を、黒い茂みに当てていく。茂みは濃く、入り口がよくわからない。

何度か突いたが、ぐっと入らない。その間も、先端が恥毛で刺激を受けて、あらたな我慢汁を出していた。

「じらさないで、良夫さん」

彩美がねっとりと濡れた瞳で見つめてくる。もちろん、じらしているわけではない。即、入れたいのは山々だったが、うまく入らない。

じれた彩美が右手を股間に向ける。そして、白くてほっそりとした指先を茂みに入れると、ぐっと開いてみせた。

黒い茂みの奥から、真っ赤に燃えたおんなの粘膜があらわれた。

「ここよ。ここに入れるのよ、良夫さん」

「ありがとうございますっ」

的をはっきりと示してくれるなんて、熟女未亡人ならではだ。

これで男になれなかったら、一生童貞のままだ。

「入れますっ」

狙いをつけて、白い鎌首を真っ赤な穴に向けていく。

今度は狙いを外さなかった。ずぶり、と鎌首が入っていった。

5

先端が燃えるような粘膜に包まれた。

その瞬間、あまりの気持ちよさに、暴発してしまう。

「あっ、出るっ」

「うそっ、もうっ……えっ」

「出る、出るっ」

と叫び、鎌首をめりこませた状態で、射精させた。どくどく、どくどくと凄《すさ》まじい勢いでザーメンが噴き出す。

「あっ、ああ……だめだめ……ああ、はやすぎる……あ、あんっ、だめ」

良夫は射精しつつ、ぐっとペニスを進めていく。脈動しているペニスが、肉の襞をこするようにして入っていく。

「あっ、動いている……ああ、大きいままよ……」

奥まで入れると、脈動が収まった。

射精が終わると、良夫は我に返る。

「あっ、僕、中に……出したんですよねっ」

「そうよ。入れてすぐに出したのよ」

「ああ、中出し、これって、中出しですよねっ」

「そうね。でも、まだ童貞よ」

「えっ……」

「ただ入れて出すなんて、最低よ。女をいかせて、はじめて男になれるのよ、良夫さん」

「いかせて、男になれる……そ、そうですよね。すいません」

「ああ、まだ大きいままなの。そのまま突いて」

たっぷりと彩美の中に出していたが、確かにまだ勃起していた。びんびんではなかったが、充分な硬度は保っている。やはり、三十年童貞だっただけに、一発中出ししたくらいでは、ち×ぽが収まらないのだろう。

良夫は、はいっ、と元気よく返事をして、腰を動かしはじめる。引いて、そして突いていく。

「あ、ああっ……硬いわ……ああ、出したばかりなのに、硬いわ」

ひと突きすると、彩美があんっとあごを反らす。ふた突きすると、上体をくねらせる。

ち×ぽ一本で、彩美を操っていると思うと、全身の血が熱くなっていく。すると勃起度が上がっていく。

「ああっ、大きくなってきたのっ、ああ、すごいわっ、はあっ、あんっ、やんっ」

良夫はぐいぐい突いていく。強く突くと、たわわな乳房が前後に揺れる。ち×ぽ一本で乳房を揺らしているのだ。

「ああ、ああっ、いい、いい……上手よっ、ああ、良夫さん、上手よっ」

半分お世辞だろうが、腰使いを褒められて悪い気はしない。ほらほらっ、ほらっ、と調子に乗って、ずどんずどんと熟女未亡人の媚肉をえぐっていく。

「いい、いい、いいっ」

彩美が歓喜の声をあげつつ、両腕を伸ばしてくる。

それを見て、良夫は正常位で繫《つな》がったまま、上体を倒していく。すると、彩美から抱きついてきた。胸板で、たわわな乳房を押しつぶしていく。

お互い裸のまま、密着したまま、キスしていくと、彩美がねっとりと舌を入れてくる。

上の口でも下の口でも繫がった状態となり、肉悦のボルテージがさらに上がっていく。

「ああ、腰を使って、良夫さん」

唇を解き、彩美がそう言う。そうだ。キスしながら、突くのだ。

良夫はうなずき、密着したまま、腰を動かしていく。ずどんずどんと突くと、はあっ、ああ、と彩美が熱い息を吐く。そして、彩美の方から唇を押しつけてくる。

「う、うう……うう……」

ふたりの息と舌がからみあう。

突くたびに、恥部からぬちゃぬちゃと淫らな音がする。なにせ、大量のザーメンを注いだままで、突いているのだ。そうだ。これは抜かずの二発というやつだ。初体験で、即、抜かずの二発に移行するとは、もしかして、俺ってエッチの才能があるのではないのか。さっきも、彩美が上手と言ってくれた。

童貞ゆえに、腰を使う機会が皆無で、その才能に気づくことがなかっただけかもしれないぞ。

「ああ、ずっとこのままなの？」

唇を解き、彩美が不満そうな目を向けてくる。

「えっ……あっ、そ、そうですね……いったん、抜きますか」

体位を変えて欲しい、と言われ、そのことにまったく頭がまわっていなかったことに気づく。なにがエッチの才能だ。まったくないじゃないか。

「おねがい……ああ、バックで突いて欲しいの」

甘くかすれた声で、彩美がそう言う。

「ば、バックですね……」

「あっ、おち×ぽ、もっと大きくなってきたわ」

と彩美が驚きの声をあげる。バックでやれる、と思い、さらなる劣情の血がペニスに集まってきたのだ。

彩美の中から抜きたくなかったが、抜かないと、バック突きはできない。

良夫は腰を引いていった。茂みの中からペニスが出てくる。それは白く絖っていた。ザーメンまみれだ。

鎌首を抜くと、白く染まった媚肉がのぞいた。

ああ、中に出したんだ、とあらためて感動を覚える。が、まだ彩美をいかせていない。ただ入れて出しただけでは、男になったとは言えない。

割れ目が閉じる。濃い目の茂みに、ザーメンがあふれ出ている。

彩美はそれはそのままにして、起き上がった。

膝立ちの良夫の股間に上気させた美貌を寄せてくる。あっ、と思った時には、しゃぶりつかれていた。

「あっ、彩美さんっ」

たった今までおま×こに入っていたザーメンまみれのペニスを吸われ、良夫は腰をくねらせる。

「汚くないですか……」

「うんっ、うっんっ、うんっ」

彩美は良夫のペニスを貪り食っている。その顔を見ていると、汚いどころか、とても美味しそうに感じる。

いや、どう考えてもおま×こに入っていたザーメンまみれのち×ぽなんて、不味《まず》いだろう。違うのか。

「ああ……美味しいわ」

唇についたザーメンをぺろりと舐めつつ、彩美がかすれた声でそう言う。

本当ですかっ、と聞きたいが、黙っていた。良夫のペニスには、ザーメンはまったく残っていなかった。唾液でぬらついている。

彩美はちゅっと先端にキスすると、こちらに双臀を向け、その場で四つん這いの形をとっていく。

熟女未亡人だったが、ウエストのくびれは素晴らしい。だから、むちっと盛り上がった双臀が、より魅力的に見える。

その尻が、良夫に向けて、ぐいっと差し上げられてくる。

後ろから突っ込んでください、と尻をくねらせる。

良夫は尻たぼに手を置いた。尻の狭間を開くと、別の穴が見えた。一瞬、それが肛門だとはわからなかった。

「綺麗ですね」

と思わず、そう言った。

「ああ、お尻の穴、見ているのね」

綺麗と言われ、それが肛門だとすぐにわかったようだ。旦那《だんな》にもそう言われていたのだろうか。

「あ、あの……」

「いいわよ」

と彩美が言う。まだ、なにも言っていない。

「舐めたいんでしょう。私のお尻の穴」

と彩美が言う。菊の蕾《つぼみ》のような穴がひくひくと収縮する。

「は、はい。舐めたいですっ」

「だから、いいわよ」

この尻の穴を見た男は皆、舐めたいと言ったのだろうか。

舐めますっ、と叫び、顔面を尻に押しつけていく。頬が尻たぼに挟まれる中、

舌を伸ばすと、ぺろりと肛門を舐めていく。すると、

「はあっ……」

とひと舐めで、彩美が火の息を吐く。ぺろぺろと舐めていると、尻の穴が収縮する。舌先に、尻の穴の粘膜を感じる。

「ああ、どうかしら、私のお尻の穴」

「美味しいですっ」

味なんかわからない。でも美味しく感じた。

「あ、ああ……入れて……ああ、おま×こに入れて」

尻の穴を舐められて、さらに身体が燃えてきたのか、彩美がぶるぶると双臀を震わせ、挿入をねだる。

良夫は臀部から顔を上げると、あらためて尻たぼを開き、そして、茂みに鎌首を当てていく。

入り口はわからなかったが、おんなの穴の部分だけ、あふれたザーメンで白くなっていた。

そこを狙って、ぐっと押しつけていく。すると、いきなりずぶりと先端がおんなの穴にめりこんだ。

「あ、ああっ」

先端が入っただけで、彩美が甲高い声をあげる。

良夫は尻たぼに指を食い込ませつつ、ずぶずぶと突き刺していく。さっきとは入れる角度が変わり、あらたな刺激をち×ぽに感じる。

それは責められている彩美も同じようで、いいっ、と声をあげている。しかも、さっきより余計、おま×こが締まっていた。

「う、うう……」

良夫もうめきつつ、奥まで貫いていく。

「ああ……硬いわ……すごく硬い……素敵よ、良夫さん」

彩美が細長い首をねじって、こちらを見る。

「彩美さんこそ、素敵です」

と普段、絶対言えないことを口にする。

やはり、おま×こは素晴らしい。肉の関係を持つことで、一気にふたりの仲が接近する。

「ああ、突いてっ、後ろからたくさん突いてっ」

と彩美が叫び、はいっ、と良夫は腰を動かしはじめる。

割れ目ぎりぎりまで鎌首を引き、そして、ずどんっと奥まで打ち込んでいく。

すると、

「いいっ」

と汗ばんだ彩美の背中がぐっと反る。そこをまた突いていくと、いいっ、とさらに反っていく。

よがり顔が見えないのは残念だが、後ろから突いていると、彩美をち×ぽ一本で征服しているような気になり、良夫の中の牡の血が騒ぐ。

「ぶってっ、お尻、ぶってっ」

と彩美が尻打ちをねだる。

バックからの尻打ちかっ。ＡＶで見るたびに、興奮したものだ。でも、そんなこと、俺はできない、と思っていたが、相手からリクエストしてきていた。

良夫はずどんずどんと突きつつ、右の尻たぼを遠慮がちに張る。

「あんっ、だめっ、そんなんじゃおま×こに響かないわっ」

良夫は今度は力を込めて、ぱしっと張る。すると、あうっんっ、と彩美が声をあげると同時に、おま×こが強烈に締まった。

「ううっ」

と今度は良夫がうめく。突きがゆるくなる。

「激しく突いてっ」

とすぐさま、指導が入る。

はい、と渾身《こんしん》の力を込めて、熟女未亡人の媚肉をえぐっていく。えぐりつつ、ぱんぱんっと尻たぼを張る。

「いい、いい、いいっ……もっとっ、もっとっ、おま×こ突いてっ」

彩美のおま×こは貪欲《どんよく》だ。

良夫はバネを効かせて、突きまくる。一度出しているから激しくできていたが、初回だったら、すでに出していただろう。今でも、歯を食いしばって、暴発しないようにしている。

とにかく、彩美をいかせないと、だめだ。

彩美を責めつつ、エッチは相手がいることを知る。当たり前のことだが、オナニーしか知らなかった良夫にとっては、発見だ。

オナニーは自分さえよければそれでよかったが、エッチはまずは相手を喜ばせないとだめだ。

「お尻、もっとぶって」

はいっ、とぱしぱしと叩く。

「あうっ、うんっ……あ、ああ、いきそう……いきそうよ、良夫さん」

いきそう、と言われ、良夫はさらに興奮する。すると、

「ああっ、また大きくなったのっ。ああ、良夫さんのおち×ぽ、どこまで大きくなるのっ」

と彩美が叫ぶ。

「ああ、僕もまた、いきそうですっ」

「いっしょにっ、ああ、今度は、いっしょにっ」

いっしょにいくのか。ああ、いっしょにいきたいっ。いっしょっ、いっしょっ。

「あ、ああっ、いきそうっ、いきそうっ」

彩美が首をねじって、こちらを見つめてくる。いっしょにっ、と瞳が訴えてくる。

「ああっ、彩美さんっ」

これがエッチだっ。オナニーとは違う、相手があってのエッチだっ。

「出ます、出ますっ」

「あ、ああっ、いきそう、いきそうよっ」

彩美のおま×こが万力のように締まり、良夫のち×ぽは喰《く》いちぎられそうになる。

「出ますっ、彩美さんっ」

「いいわっ、出して、出してっ、彩美のおま×こにっ、ああ、たくさん、出してっ」

「おうっ！　出るっ」

雄叫《おたけ》びのような声をあげ、良夫はザーメンをぶちまけた。

「ひいっ……いく、いくいく、いくうっ」

彩美もいまわの声をあげて、がくがくと汗まみれの裸体を痙攣させた。

「おう、おうおうっ」

雄叫びが止まらない。脈動が止まらない。

頭が真っ白になった。

6

脈動が収まり、ペニスがおま×こから抜けた。どろりと大量のザーメンをあふれさせつつ、彩美がその場に突っ伏した。

良夫もそのまま、彩美の裸体に重なるように突っ伏していく。

はあはあ、と熱い息を吐きつつ、彩美が首をねじって、見上げてきた。

「良かったわ、良夫さん。あなたも、これで男になったわね」

「ああ、彩美さんっ」

と良夫は口を重ねていく。お互い火の息を吐きつつ、舌をからませあう。さっきまでは貪るようなベロチューだったが、今は、気持ちよかった、という思いを伝えあうようなキスだった。

「私なんかがはじめてで良かったのかしら」

「彩美さんで良かったです。彩美さんだから、無事、男になれましたっ」

それは本音だった。さすが、性経験が豊富な熟女未亡人は違う、と感心していた。

「そう。良かったわ。私のこと、一生忘れなさそうね」

「忘れません。忘れるなんて、ありえませんっ」

と強く言う。

彩美は、うふふ、と笑い、ちゅちゅっと良夫の顔面にキスの嵐《あらし》をくれる。

「お掃除してあげるわ」

と彩美が言う。良夫が起き上がると、彩美も上体を起こし、膝立ちの股間に汗まみれの美貌を埋めてくる。

出したばかりのペニスが彩美の唇に包まれる。じゅるっと吸われ、ああっ、と良夫はうめく。

「くすぐったいですっ」

彩美は根元まで咥え、うんうん、と吸ってくる。

「あ、ああっ、彩美さんっ」

中に二発も出し、お掃除フェラまでしてもらって、良夫は幸せだった。

第四章　佳菜《かな》と菜々美

1

午後六時前、良夫はバスに揺られ、駅前まで来ていた。

自宅の椅子に長い時間座っていると、腰が疲れて、なにか尻に敷くクッションが欲しくなったのだ。クッションは実際、敷いてみる必要があり、ネットではなく、駅前の店で探すことにした。

そのまま、夜も駅前で食べて行こうと思っていた。夕方、彩美相手に童貞を卒業したのはよかったが、なにか、遙香を裏切ったような気がして、今夜はカフェウィドゥに行きづらかったのだ。

もちろん、遙香は彼女じゃないし、良夫が誰とやろうと関係ないのだが、なんだか、顔を合わせづらかった。

駅前はそれなりに、にぎわっていた。普通しか停車しない駅ゆえ、駅そばのショッピングビルのようなものはなかったが、地元の店が並んでいた。

その中に、インテリアショップを見つけた。

良さそうな店だな、と良夫はウィンドゥをのぞいた。ラグやカーテンが飾られている中に、クッションも見えた。

奥に女性が一人立っていた。店の人のようだ。棚に置かれたものを揃えている。

良夫はその女性の横顔に引き寄せられた。誰かに似ている。誰だ。

ウィンドゥ越しにじっと見つめてしまう。すると、視線を感じたのか、女性がこちらを見た。

えっ、菜々美っ。いや、菜々美ではない。女性は四十くらいに見える。落ち着いた感じの女性だ。でも、菜々美に似ていた。

女性は笑顔になり、こちらに寄ってくる。そしてドアを開き、

「なにかお探しですか」

と聞いてきた。

「ク、クッション、ありますか」

と聞いた。

「ございます。どうぞ」

と菜々美似の女性が手招いた。

女性はノースリーブのニットにスカート姿だった。剝き出しの二の腕の白さが眩しい。しかも、胸元はかなり高く張っていた。

「こちらにございます」

と言って、右手へと案内する。クッションがたくさん飾ってあった。

「たくさんありますね」

「はい。最近、自宅で仕事をされる方が増えてきて、クッションを求められることが多くなったので、増やしたんです」

と笑顔で答える。女性はボブカットが似合っていた。目が菜々美そっくりだった。しかし、菜々美の母親としては若い気もした。

「あの……私の顔になにかついていますか」

「えっ……」

「いや、じっと見られて、なんか、恥ずかしいというか、照れ臭いというか」

「すいません……いや、あの、知っている方と似ていて……」

「S団地の方ですか」

と女性が聞いてきた。

「はい。引っ越してきたばかりなんです」

そう答えると、なるほど、という顔をした。

「菜々美の母の佳菜といいます」

と女性が言った。

「えっ、菜々美さんの……お母さんっ」

菜々美は女子大の三年生だと言っていた。ということは、二十一歳くらいだ。

目の前の母親はアラフォーである。

「十九の時に、菜々美を産んだんですよ」

驚かれるのには慣れているのか、菜々美がそう言う。

「なるほど……」

「若い時はやんちゃでしたから……」

「そ、そうですか……」

やんちゃだったとはまったく見えない。落ち着いた品のある女性だった。

「菜々美の父はふたりいたんですけど、一人めは離婚、ふたりめは事故で亡くなってしまって……」

「今、未亡人ですかっ」

と思わず大声をあげてしまう。

「そうです。未亡人です」

と佳菜がうなずく。彩美、遙香、そして佳菜。皆、美形で未亡人だ。あそこは、未亡人団地と呼んでいいだろう。

「ああ、すいません。なんか、私事をいろいろ話してしまって……」

佳菜が照れたように笑う。白い肌がほんのりと色づいている。

佳菜の全身から、匂うような色香を感じる。彩美より、佳菜の方が年上だったが、女としての色香は彩美の方が濃かった。

「あの、お名前、お伺いしてもいいですか」

菜々美似の瞳で見つめつつ、佳菜が聞いてくる。

「良夫……いや、小林良夫といいます」

なんか、名前から言うくせがついてしまっていた。

「良夫さんですね」

と佳菜も名前で呼んできた。

「クッション、選びましょう」

と言って、佳菜がクッションに目を向ける。良夫は佳菜に目を向ける。二の腕がとてもやわらかそうだ。肌はしっとりとしている。触ってみたい、と思わせる肌だ。

汗ばんだ彩美の絖肌を思い出し、ブリーフの中を疼かせる。彩美に二発も中出ししていたが、はやくも股間がむずむずしてくる。

「テレワークでお求めなんですよね」

と聞いてくる。

二の腕に見惚れている良夫は返事をしない。

「良夫さん」

と名前を呼ばれ、はっとなる。

「テレワークです。今日が初日で、なんか腰が疲れてしまって」

あわてて、そう説明する。

「じゃあ、これはいかがですか」

と厚みのあるクッションを手にする。そばに椅子があり、試してみてください、と佳菜がクッションを椅子に置く。その時、ちょっと前屈みになり、わりと深めの襟ぐりから、ちらりと白いふくらみがのぞいた。

おっぱいっ。菜々美ちゃんのママのおっぱいっ。

いやいかんっ。菜々美の母親の乳房を見て、興奮するなんて不謹慎だ、と自分を戒める。

どうぞ、と言われ、クッションに座る。ぐっと尻が下がっていく。厚みがあるぶん、沈む感じが強い。

「ちょっと沈みます」

と言う。じゃあ、と言って、佳菜がクッションが置かれた棚に身体を向ける。

良夫はすかさず、佳菜の後ろ姿を鑑賞する。

ウエストはくびれ、スカートに包まれたヒップはむちっと盛り上がっている。彩美ほどの色気はないと思ったが、違っていた。尻に色香が凝縮しているような感じだ。

スカートの裾からのぞくふくらはぎも、二の腕同様、とてもやわらかそうだ。撫でたい。舐めたいっ。

「これ、どうですか」

とさっきより薄めのクッションを手に、佳菜がこちらを向く。

椅子に座っているため、ちょうど、ニットの胸元が良夫の視線の先にある。

ああ、なんて大きなふくらみなんだ。菜々美もバストは豊満だった。菜々美のバストは母親譲りなのだ。

「立ってください」

「えっ……」

胸元に見惚れていて、クッションを替えるために立つことに頭がまわっていなかった。

「立たないと、替えられません」

「あっ、すいません」

良夫はあわてて立ち上がる。すると、佳菜が前屈みになり、クッションを替えていく。当然のこと、良夫は襟ぐりからのぞく、白いふくらみを真上から見つめる。

ああ、おっぱいもやわらかそうだ。ああ、佳菜の身体はどこもかしこも、やわらかそうだ。

「どうぞ」

と言われ、良夫は椅子に座る。

「ああ、これ、いいです。なんか、しっくりきます」

「よかった」

と佳菜が笑顔を見せる。佳菜の笑顔はほっとする。それでいて、襟ぐりからのぞく乳房には昂《たか》ぶる。

「他も試してみますか」

良夫の顔をのぞきこむようにして、聞いてくる。顔が近い。ちょっと顔を寄せると、キスできそうだ。すでに彩美とベロチューしているだけに、なぜか、佳菜ともすぐにキスできそうな錯覚を感じてしまう。

これは童貞の時にはなかったことだ。

「じゃあ、もういくつか試してみます」

本当はこれが気に入っていた。もう他のを試す必要はなかったが、もうしばらく佳菜と話していたかった。佳菜の乳房をのぞいていたかった。

2

「ありがとうございます」

クッションを袋に入れると、佳菜が笑顔で渡してくる。

「娘のお弁当もご贔屓におねがいします」

と佳菜が言う。

「毎日、買いますっ」

と良夫は答える。遙香のことが頭を掠《かす》めたが、モーニングとディナーは遙香の店でとるからいい。ランチくらい浮気しても、大丈夫だろう。

「あら、うれしいわ。菜々美にも言っておきます。良夫さん、これからご飯ですか？」

と佳菜が聞いてくる。もしかして、夕食をいっしょに、と誘われるのか、とドキンとなる。なにせ、昨日、今日と絶好調だから、なにごともいい方に考えてしまう。

「はい。せっかく駅前まで出てきたので、この辺で食べようかな、と思って」

「そうですか」

と佳菜はうなずくだけだった。かといって、良夫からご飯どうですか、と誘う勇気はなかった。絶好調とはいっても、すべて、女性の方から接近しているだけだ。良夫の方から行動を起こしたわけではない。

「カフェウィドゥ、ご存じですか」

と佳菜が聞いてくる。知ってます、とうなずくと、

「あそこは、夜はお酒も出していて、私、よく行くんです」

と言って、じっと良夫を見つめてくる。これは誘っているのか。それとも、ただ見つめているだけか。

「僕も行きます。昨日も、行きました」

「じゃあ、お会いできるかもしれませんね」

「その時は、おごらせてください」

良夫にしては、積極的な台詞《せりふ》だった。

佳菜は微笑み、じゃあまた、と言った。

良夫は袋を手にして、店を出る。じゃあまた、じゃあまた。と何度も頭の中で繰り返す。

結局、近くの牛丼屋で夕飯を済ませ、バスで帰ろうかと駅前のコンコースに向かっていると、喫茶店で菜々美を見かけた。

「菜々美ちゃん……」

菜々美は男といっしょにいた。同い年くらいか、ちょっと上か。大学生だろう。やっぱり男いるよな、と残念に思いつつ、笑ってしまう。つい数日前まで真性童貞だった男が、美人の女子大生とそもそも付き合えるわけがないじゃないか。

やっぱり、彩美とエッチしてから、強気に思考が働くようになってしまっている。まあ、これは悪いことではない。自分なんて、と思うより、あの子と付き合えるかも、とポジティブに思った方がいい。

いずれにしても、菜々美とはないし、そもそも菜々美には彼氏がいる。

でも、見ていると、楽しそうではない。男がなにか話して、菜々美がかぶりを振っている。

通りに面したウィンドゥ越しに、喫茶店の中を見ていると、菜々美がこちらに気づいた。まずい。なんかのぞき見がばれたような感じだ。

すると、菜々美が席を立った。バッグを斜めにかけて、こちらに向かってくる。表情は堅い。まずい。なにか言われるのか。

「良夫さんっ」

と言って、菜々美が近寄ってくる。

「こ、こんばんは……あの、ちょっと、見かけて、それで……」

と言い訳をしていると、

「帰りましょう」

と言って、先を歩きはじめる。

「えっ、帰るって……彼氏はいいのかい」

「いいの」

菜々美は振り向かずにバス停に向かっていく。良夫が振り向くと、彼氏らしき男がなにか言いたそうな顔をしていた。

「良夫さんっ、バス発車するよっ」

と菜々美がバスの前で、手招く。今気づいたが、菜々美は超ミニスカートを穿いていた。すらりと伸びた生足が美しい。上半身は半袖のニットだ。

やっぱりデートなんだ、と思った。彼氏と喧嘩《けんか》でもしたのか。

良夫はバス停に向かって走った。菜々美が先に乗っていく。超ミニの裾がたくしあがり、太腿の付け根近くまであらわとなる。

パンティ、見えそうだ、と思ったが、ぎりぎり見えない。

中に入ると、空《す》いていた。菜々美は後部座席に座っていた。良夫はその前の席に座ろうとした。すると菜々美が、ここ、と自分の隣を指差す。

じゃあ、と良夫は菜々美の隣に座ろうとする。超ミニの裾がたくしあがり、ぴちぴちの太腿が付け根近くまであらわとなっている。やはり、パンティは見えない。そこまで計算されているミニ丈なのだろう。

その隣に、良夫は座った。バスが発車する。窓から外を見ると、彼氏が見上げていた。

「いいのかい」

「いいの……エッチのことしか考えないから……」

と菜々美が言い、良夫は自分のことを言われたみたいで、ドキンとなる。

「デートするたびに、しようって言うの……」

窓から彼氏を見下ろしつつ、菜々美がそう言う。

「付き合って、どれくらいになるのかな」

「三ヶ月くらいかな。ここ二週間くらい、会うとエッチしようばかりで。そんなにエッチしたいんですか」

と言って、菜々美が良夫をにらむように見てきた。

バスの中はがらんとしていたが、そのぶん、菜々美の声が響き、前の方の席の数人がこちらを見た。

なにか、良夫がエッチしたいと菜々美に迫っているようにとられてしまう。

「どうなんですか」

にらんだまま、聞いてくる。

「いや、どうかな。彼氏も同い年かな」

「ひとつ上の二十二です」

なるほどね。まあ、菜々美は美人だし、バストは大きいし、ミニスカが似合うスタイルだ。付き合っているのなら、まあ、やりたいのは山々だろう。

「彼、私のからだ目当てで付き合っているのかな」

そうかもしれない、と良夫は思う。

「良夫さんは大人の男性だから、エッチ目的で、女性と付き合ったりはしませんよね」

と言ってくる。そうか。俺は菜々美から見たら、大人の男性なんだ。ほんの数時間前、やっと男になったばかりだったが。

「まあ、そうだね」

とここは、大人の男の余裕を見せることにした。彼氏のやりたい気持ちは充分わかるが、ここで彼氏を援護しても、良夫になんの得もない。

「私、よくミニスカート穿くんですけど、足を出しているから、エッチしたがっていると勝手に思っているんです。これって最低ですよね」

「そうだね、最低だね」

「足を出すのは、ファッションなんです。別に、足を出して男を誘っているわけではないんです」

「そうだよね」

菜々美には誘っている気持ちは確かにないだろうが、この魅惑の生足をずっと見せつけられたら、やりたくもなるだろう。

生足が男にとって、どれだけ刺激的なのか、女の菜々美はわかっていない。まあ、女なんだから、わかれというのも無理か。

「でも、マコトのこと、好きなんです」

「そうなんだ」

好きだから、葛藤《かっとう》しているわけか。ちょっと残念だったが、そもそも、良夫が女子大生と付き合えるわけがない。

「でも、エッチしよう、エッチしようというのはいやなんです。だって、私……」

とそこで、菜々美が急に頬を赤らめた。

えっ、なにっ。どうした。

「あの、私……まだないんです」

「ない？」

「だから、その……処女なんです」

「あっ、そ、そうなんだ……なるほどね……」

いきなり、団地に帰るバスの中で、菜々美に処女だと告白されて、良夫は狼狽える。別に、狼狽えることもないし、菜々美とやれるわけでもないのだが、なにか動揺していた。

「私、普段からこんな格好だし、派手だから、遊んでいると思われているんです。でも、まだ知らないんです」

そう言って、もじもじと剥き出しの太腿をすり合わせる。

「だから、その……マコトに処女って知られるのも、なんか、いやなんです」

「えっ、そ、そうなの。彼氏は喜ぶんじゃないかな」

「そうですか。相手がはじめてって、重くないですか」

「そうかなあ。喜ぶと思うよ」

とまさに、良夫は自分の意見を述べ続ける。少なくとも、良夫はうれしい。重いと感じることもない。

「考えすぎじゃないかな」

「良夫さんは、ＯＫなんですね」

「えっ」

ＯＫって、なにがだっ。良夫は狼狽える。

「だから、その……相手が処女でも」

頬を赤らめつつ、菜々美が聞く。

「そ、そうだよ。もちろんそうだし。そもそも菜々美ちゃんなら……」

と余計なことを口にしてしまう。

「えっ、私としたいんですか」

真っ直ぐに良夫を見つめ、菜々美が聞いてくる。

「えっ……いや、もちろん……」

「もちろん、なんですか」

どうしてこういう展開になったのだ。

「し、したいよ……もちろん、したいよ」

「良夫さんもエッチしたいんですね」

と言って、窓の方に目を向ける。

まずいこと言ったのか。でも、処女だからしたくない、と言ったら、ますます彼氏としないだろう。したい、と言ったことは間違いない気もするが、やはり、女心は複雑で、三十になって童貞を卒業した良夫にはまったくわからなかった。

3

午後九時過ぎ、良夫はA棟のカフェウィドゥに足を向けていた。

『あそこは、夜はお酒も出していて、私、よく行くんです』

と言って、じっと良夫を見つめてきた佳菜の眼差《まなざ》しが忘れられず、もしかして、今夜もいるかも、と思ったのだ。もうひとつ、遙香のストーカー野郎が来ていないか、という心配もあった。

カフェウィドゥをのぞいた。カウンターに佳菜がいた。

「いらっしゃいませ」

と良夫に気づいた遙香が笑顔を向ける。

良夫は店内を見回した。中年の男性がふたり、それぞれテーブルでビール片手にご飯を食べていた。良夫と同じ独り者なのだろうか。ストーカー野郎の姿はなかった。

「あら、良夫さんっ。ここ、どうぞ」

と佳菜が隣のストゥールを指差す。佳菜は夕方と同じ格好だった。ニットから剝き出しの二の腕が、変わらず眩しい。

良夫は白い二の腕に引き寄せられるように、カウンターに向かい、佳菜の隣に座った。

「なんか、会えるような気がしていたんですよ」

と佳菜がじっと良夫を見つめ、そう言った。

「ぼ、僕もです……」

「あら、うれしいわ。遙香さん目的だとしても、うれしいわ」

「えっ、いや、違いますっ」

と思わず、強く否定してしまう。そして、否定して、まずい、と思ったが、遙香は笑顔のままだ。客商売だから、こんな会話は慣れているのだ。

むしろ、良夫がいい年をして、青年のような反応を見せてしまっていた。

「あら、違うのかしら」

と佳菜が聞く。

「違いません……えっ、いや、その……」

もう、自分でなにを言っているのかわからない。

「良夫さん、モテモテですものね」

と遙香が言う。

えっ、と良夫は素っ頓狂《すっとんきょう》な顔をする。モテモテ。この俺が。

いや、確かにモテているとも言える。なにせ、彩美とエッチをし、菜々美にバスの中で相談され、今もふたりの美人を相手にしている。

これはモテていると言ってもいいのではないのか。これまでの人生で、モテたことがない良夫は、モテているという状態に慣れていなかった。

「なににしますか」

遙香が聞く。が、耳に入っていない。

「良夫さん、なににしますか」

と佳菜が良夫の太腿に手を置き、揺すってきた。良夫は今夜はシャツにコットンパンツ姿で来ていた。

「えっ、あっ、なにに……ああ……」

パンツ越しとはいえ、佳菜に太腿を触られ、良夫は動揺する。おかしいぞ。これでは、真性童貞の時となんら変わらないじゃないか。俺は大人の男になったはずだぞ。

佳菜を見ると、ビールを頼んでいた。

「僕もビールを」

と言う。佳菜は太腿に手を置いたままでいる。たまたまなのか、それとも意図があるのか。

はい、と遙香がビールサーバーに向かう。それでも、佳菜は太腿に手を置いている。良夫はドギマギしている。

どうぞ、と遙香がビールを置く。すると、テーブルから、お代わりという声がかかった。

「はい。隆史《たかし》さん」

と遙香が答える。あのおやじ、隆史というのか。あのおやじも、遙香から名前で呼ばれているのか。冷静に考えれば、良夫だけ特別なわけがない。そもそも、良夫は新参者なのだ。

テーブル席のおやじは、常連だろう。遙香にとって、良夫も隆史も同じ客だ。が、なんか気に入らない。

遙香がジョッキを持って、カウンターの奥から出てくる。隆史、おまえが取りに来いっ。遙香に運ばせるなっ。

「今日は、ありがとうございました」

と佳菜が礼を言ってくる。

「えっ、ああ、クッションですね。いいのが買えました」

「娘の相談に乗ってくださったみたいで、ありがとうございます」

「えっ、ああ、菜々美ちゃん……」

「大人の男性に相談できて、よかったって言ってました」

「そうですか。それなら、よかったです……」

最後の方はずっと窓を見ていて、しくじったかな、と思っていたのだが、どうやらそうでもないようだ。どんな相談かは知っているのだろうか。まさか、知らないよな。

「やっぱり、母親には相談できないことがあると思うんです。近くに、良夫さんのような大人の男性がいると心強いです」

「いや、僕なんて……」

半日前に、大人の男になったばかりなのだ。

「いやだ、隆史さんったら……」

とテーブル席から遙香の声が聞こえてくる。

なんだ、なんだっ。ビールを運んだら、即戻ってこないか、遥香。

遥香の笑い声が聞こえ、思わず、振り向く。

遥香はテーブルの端に手をついて、隆史に向かって身を乗りだしている。

おいっ、おっぱい、突き出してっ。

「遥香さん、気になりますか」

と佳菜が聞いてくる。太腿を撫ではじめる。

「えっ、いや……」

「遥香さん、美人ですものね」

「いや、佳菜さんも美人ですっ」

と思わず叫んでしまう。その声に、遥香がこちらを見た。まずい、と思ったが、

「こっちもお代わりっ」

と言うもう一人の中年客の声に、遥香がはいっと返事をする。

「あら、それ本当かしら」

「本当です。僕は嘘は言いません」

と変にむきになっている。

遥香がこちらに戻ってくる。太腿に置かれた佳菜の手はそのままだ。遥香はビ

ールサーバーに向かい、ビールをジョッキに注ぐと、こちらを見ることなく、フロアに出た。

「あの。娘だけじゃなくて、私の相談にも乗ってくださいませんか、良夫さん」

と佳菜が言う。

「そ、相談ですか……僕なんかで大丈夫ですか」

「良夫さんだから、相談したいんです。今から三十分後に、E棟一階の会議室に来てもらえませんか。この時間、そこなら、ゆっくり相談できますから」

「会議室ですか……」

佳菜はうなずき、ごくごくとビールを飲んでいく。白い喉が艶《なま》めかしく動くのを、思わず、良夫は見惚れてしまう。

「じゃあ、待ってますから」

と言うと、ストゥールを下り、佳菜が出ていった。

相談って、なんだろう。俺だから相談するって。会議室って。

一気に落ち着きをなくし、良夫はビールをがぶ飲みする。背後から、また、遙香の笑い声が聞こえてくる。

「お代わりっ」

と思わず大声をあげてしまう。が、返事がない。遙香の笑い声が続いている。

良夫はもう一度、お代わりっと叫んでいた。

4

良夫はE棟に来ていた。E棟は団地の一番奥にあり、日当たりも悪いことから、空き部屋がけっこうあった。その一階に、会議室があった。

会議室には明かりが点《つ》いていた。カーテンが掛けられていて、中は窺《うかが》い知れないが、すでに、佳菜は来ているようだ。

なんか密会するようでドキドキする。

ドアの前に立ち、ノックする。すると、どうぞ、と中から佳菜の声がした。それだけで、不覚にも勃起させてしまった。

まずい、と股間を見る。コットンパンツはもっこりとはしていない。ジャージでなくてよかったと思う。

ドアノブを摑み、開くと、佳菜が椅子に座っていた。そこは、まさに会議室だった。コの字型にテーブルが置かれ、黒板まである。エロい雰囲気は皆無だった。

「ありがとう、良夫さん」

佳菜は驚くことに、スポーツブラとレギンス姿だった。

スポーツブラはバストを完全に包みこむタイプではなく、半分近くすでに魅惑のふくらみがあらわとなっていた。

「菜々美にはトレーニングルームに行ってくると言って出てきたの」

「なるほど……そうですか」

「なんか、この格好、おかしいかしら」

あまりにも無言でじっと見つめていたからだろう。佳菜がそんなことを言った。

「いいえ、おかしくなんてありません……いや、びっくりしてしまって……とても似合っています」

「そうかしら。菜々美に負けていませんか」

と聞きつつ、佳菜が立ち上がった。

レギンスがぴたっと貼りつく股間があらわれる。たまらない。たまらなすぎる。

ほぼ娘と同じ格好だったが、母親からはむせんばかりの色香を感じた。

「あの、菜々美の相談って、なんだったのですか」

と聞きながら、佳菜がテーブルをまわって、こちらにやってくる。スポーツブラからはみださんばかりのバストが迫ってくる。

「えっ、それは……」

「教えてくださいませんか。やはり、娘のことだから、気になってしまって」

それが相談なのか。変な期待をして、勃起までさせてしまった。しかもまだ、勃起させたままだ。

佳菜が正面に立った。剝き出しの肌から、甘い薫りがする。思えば、まだお風《ふ》呂《ろ》には入っていないはずだ。一日の仕事でかいた汗が純白い肌から醸し出ているのだ。

埋めたい。乳房の谷間に顔を埋めたい。二の腕をあげて、腋の下に顔を埋めたい。

「それは、すいません……教えられません」

と良夫は言った。菜々美は良夫を信頼して、エッチを迫る彼氏に困っているという話をしてきたのだ。しかも、処女だとまで告白している。

それはたとえ母親のリクエストでも、答えるわけにはいかなかった。

「気になるんです」

佳菜がシャツのボタンに手をかけてくる。ひとつ、ふたつと外しはじめる。

「か、佳菜さん……なにをしているんですか」

「娘の相談ごと、教えてくださったら……」

シャツの胸元から手を入れてくる。Tシャツ越しに胸板をなぞってきた。

たったそれだけでも、良夫はぶるっと快感に身体を震わせていた。なにせ、会議室にふたりきり。しかも、佳菜は肌もあらわなスポーツブラ姿なのだ。

「教えたら、なんですか……」

声まで震えている。インテリアショップの時のきちんとした応対姿を知っているだけに、そのギャップに全身の血が煮えたぎる。

「教えたら」

と言いつつ、右手でTシャツ越しに乳首を摘まみ、左手でコットンパンツの股間を摑んできた。

「あっ……」

良夫は甲高い声をあげてしまう。

「あら、どうしてこんなに硬いのかしら……ああ、久しぶりだわ……硬いの……」

と佳菜がうっとりとした表情を見せはじめる。硬いち×ぽを摑んだ時の反応は、彩美と同じだった。やはり、未亡人は硬いち×ぽに飢えているのだろうか。

エッチなしでも、処女の菜々美はエッチの良さを知らないから、エッチを拒んでいたが、未亡人は、エッチの良さを充分すぎるくらい身体で知っているのだ。

それでいて、硬いち×ぽは今、身近にはない。

硬いち×ぽに、身体が反応してしまうのだろう。

「教えて、良夫さん」

コットンパンツ越しに強く摑みつつ、佳菜が聞いてくる。

「できません」

と良夫はきっぱりと断った。もちろん、佳菜には魅力を感じたが、菜々美の信頼を裏切ることはできない。

すると、佳菜が両手を身体から引いた。残念だが、これで終わりか。

「ありがとう、良夫さん」

となぜか、佳菜は礼を言ってきた。

「菜々美のこと大事に思っていてくださっているのですね」

「いや、そんな……」

「良夫さんがとても信頼できる方って、わかりました」

試していたのか。でも、なぜ。

「あらためて、私のこと、相談していいですか」

と佳菜が聞いてきた。

「は、はい……」

「マグロになれますか」

「えっ……」

「マグロです」

マグロ……マグロって、あのマグロか……。

「な、なれます……」

「私の亡くなった二番目の主人……マグロだったんです」

「そ、そうなんですか」

「裸になって、仰向けになって、すべてを私に委《ゆだ》ねていました。そうじゃないと、勃起しなかったんです。最初は、責めるのはあまり気乗りがしなかったんです。でも、やっているうちに……」

そう言いながら、また、佳菜がシャツに手を伸ばしてきた。三つ目、四つ目とボタンを外していく。

「お店で良夫さんを見た時、主人になんか雰囲気が似ているなって、マグロっぽいなって思ったんです。ああ、すいません、マグロっぽいだなんて」

マグロっぽいというのは、童貞っぽいということなのだろうか。

佳菜とはじめて会った時は、彩美のおま×こで童貞を卒業したばかりだった。二発も中出しして、男になったぞ、と思っていたが、すぐに変わることもないだろう。

実際、今も、童貞臭さを出しているのかもしれない。でも、そこに佳菜は惹《ひ》かれたのだ。

さらにボタンを外し、シャツを脱がせた。Tシャツの裾に手をかけ、引き上げていく。良夫はされるがままに、両腕を上げて、Tシャツが脱がされるのを手伝う。

佳菜が胸板に美貌を寄せてきた。乳首を唇に含み、ちゅっと吸ってくる。

「あっ……」

良夫は甘い声をあげる。彩美と関係を持ってから、乳首がとても敏感になっていた。

そんな反応に煽《あお》られたのか、佳菜がちゅうちゅうと右の乳首を吸ってくる。そして、美貌を上げるなり、左の乳首に吸いついてきた。こちらも強めに吸ってくる。

「あっ、ああ……」

左の乳首を吸いつつ、右の乳首をひねられて、良夫はまた、声をあげてしまう。

「乳首感じやすいのは、マグロの才能があるってことなんですよ」

と佳菜が言う。マグロにも才能がいるのか。ただごろんと横になっていればいいわけでもないようだ。

「だって、なにも反応がないと、つまらないでしょう」

確かにそうだ。でも、女性のマグロは確か、反応がないことを言うんじゃなかったっけ……男の場合は違うのか。

佳菜は左の乳首を吸いつつ、良夫の右腕を摑み、上げていく。腋の下があらわれる。まさか、ここも舐めてくれるのか。

佳菜のような美人に舐められると思うと、ドキドキする。

佳菜が顔を上げた。そしてすうっと良夫の腋の下に寄せてくる。あっと思った時には、佳菜が腋のくぼみに顔を埋めていた。

「ああっ、佳菜さんっ」

良夫は右腕を上げたまま、くなくなと上体をくねらせる。かなり熱くなっていたが、こちらからは触っていかない。もちろん、佳菜の純白い肌に触りたかったが、マグロになれます、と言ったからには触ってはいけない。

良夫は基本、まじめだった。菜々美の信頼を裏切ってはいけないと思うし、マグロになれます、と言えば、マグロに徹する。

それを見込んで、佳菜は責めているのだ。

「ああ、良夫さんの腋の下、エッチな匂いがします」

佳菜は優美な頰を上気させている。

「ああ、おち×ぽはもっとエッチな匂いがするはずだわ」

と言うなり、佳菜がその場にしゃがんだ。そして、コットンパンツのベルトを緩め、フロントジッパーを下げると、ぐっと引き下げた。

テントを張ったトランクスがあらわれる。鎌首が当たっている部分は、すでに先走りの汁で沁みが出てきている。

佳菜はすぐさま、トランクスも脱がせていく。夜の会議室で、良夫だけが裸になっていく。

佳菜の方は、バストの谷間や二の腕は出しているものの、トレーニングウェア姿だ。一人だけ裸になると、なんか情けない感じもする。が、これがマグロだという気もする。

佳菜の美貌の前で、勃起したペニスが弾む。

「ああ、すごいっ」

と佳菜がペニスに頬をこすりつけてきた。そのままペニスを倒すようにして、顔面を股間にこすりつけてくる。

「ああ、エッチな匂いがする。ああ、マグロのエッチな匂いだわ」

そうなのか。

「ああ、熱いわ……ああ、あなた。あなたと同じ匂いがする人がいるの……ああ、良夫さんっていうのよ、あなた」

佳菜はペニスと股間にぐりぐりと美貌を押しつけ続ける。あらたな先走りの汁が大量に出て、鎌首は白くなっている。

佳菜はしゃぶりついてはこない。しゃぶったら、自分の唾液の匂いに変わってしまうからだろうか。

でも、顔面をち×ぽにこすりつけられるだけで、しゃぶられないのは、かなりのじらしとなっていた。

彩美相手に男になっていなかったら、ここで暴発させていたか、佳菜を押し倒していたかもしれない。そうなると、佳菜を失望させてしまっていた。

「ああ、エッチなお汁、どんどん出てくるわ」

彩美なら、もう舐め取っていただろう。が、匂い好きな佳菜は舐めてこない。むしろ我慢汁の匂いにも昂ぶっていた。

佳菜は鎌首に頬をこすりつけてくる。それが刺激となって、股間にびんびん響いてくる。

「ああ、ああ、佳菜さん……」

良夫はくなくなと身体をくねらせる。

佳菜はペニスを持ち上げ、垂れ袋にも美貌を押しつけてきた。

「あ、ああ、エッチな匂い……ああ、あなたと同じ匂いがするわ……悠人《ゆうと》さん……ああ、悠人さんっ」

どうやら、二番目の夫は悠人という名のようだ。

しかし、しゃぶられないのは、かなりつらい。先端から大量の我慢汁を出しつつ、しかも、佳菜の唇はそばにあるのだ。でも、舐めてこない。匂いだけを嗅いでくる。

反り返ったペニスがひくひくしている。暴発させそうだ。マグロが勝手に出してはいけない。肛門に力を入れて、懸命に我慢する。

佳菜が垂れ袋から顔を上げて、再び、鎌首に頬をこすりつけてきた。

その瞬間、目が眩《くら》むような電撃が先端から走った。

5

「出るっ！」

と叫ぶと同時に、良夫は暴発させていた。凄まじい勢いで、ザーメンが噴き出した。それは、もろに、佳菜の美貌を直撃した。なにせ、頬を先端にこすりつけたままで暴発を受けたのだ。

「あ、ああっ、出る、出るっ」

凄まじい気持ちよさに、良夫は雄叫びをあげ続け、どくどく、どくどくと射精を続ける。

佳菜はまったく顔をそらすことなく、良夫のザーメンを顔面に浴び続けている。閉じた目蓋《まぶた》や小鼻、そして、半開きの唇がどろどろになっていく。そしてそれを目にして、さらに射精させてしまう。

ＡＶの顔射ものでも、たった一発でこんなに濃厚なザーメンを顔面に受けることはないだろう。

佳菜の美貌がどろどろになっていく。けれど、それがまた美しいのだ。

汚れているはずなのに、ますます佳菜の魅力が増していた。

しかも、佳菜はまったくそらさない。良夫の射精のすべてを顔で受けていた。

当然、どろどろ状態になっている。頬やあごからどろりと精液が垂れていく。

するとそれを、佳菜が両手の手のひらで受け止めた。一滴も落とさせなかった。

脈動が収まった。良夫は大変なことをやってしまった、と思ったが、佳菜はうっとりしたまま、あらためて、鎌首にザーメンまみれの頬をこすりつけてきた。

「か、佳菜さん……」

「ああ、ありがとう、良夫さん」

「えっ……」

「こんなにたくさん、濃いザーメンをかけてくれて……ああ、ありがとう」

良夫は言葉を失っていた。まさか、顔射をして礼を言われるとは思ってもいなかった。

佳菜はどろりどろりとザーメンを垂らしつつ、なおも、頬をこすりつけている。

「あっ、ああ……」

くすぐったい感覚に、良夫は腰をくねらせる。

「この匂いが好きなの……ああ、思っていた通り、いい匂いがするわ。ああ、良夫さんのザーメンの匂い……ああ、佳菜、変になりそう」

「へ、変に……」

「ああ、欲しくなりそう……ああ、いや、もう欲しいわ、ああ、でもだめ……今日、知り合った人となんて……だめ」

顔射はいいのか。まあ、エッチと顔射は違うか。人によっては、顔射の方が喜ぶかもしれない。

佳菜のような美人の顔にザーメンをぶっかけて、しかも礼を言われるなんて、最高だろう。

「ああ、ああ……」

佳菜が自らの手でスポーツブラ越しに乳房を掴んだ。こねるように揉みはじめる。

「か、佳菜さん……」

「あ、ああ、ああ、じれったい……ああ、じれったい」

佳菜は良夫にいじってくれと言っているのではないのか。でも、マグロがいいと言っていたはずだ。手を出したら、マグロではなくなる。でも、欲しい、と言っている。

このまま押し倒してもいいのではないのか。佳菜は待っているのではないのか。

「だめ……マグロのままでいて、良夫さん」

良夫の気持ちを見透かしたように、佳菜が念を押してくる。

そして、両腕を胸元で交叉させると、スポーツブラを脱いでいった。腋の下があらわれる。そこはしっとりと汗ばんでいた。

たわわな乳房があらわれた。アラフォーらしく、熟れに熟れたふくらみだ。見るからにやわらかそうだ。乳首は真っ赤に充血している。

揉みたい、とごくりと生唾《なまつば》を飲む。萎えかけていたペニスにあらたな力が入りはじめる。

スポーツブラを頭から抜き取った佳菜は、豊満なふくらみを摑んでいった。両手でふたつのふくらみを揉んでいく。やわらかなふくらみに、五本の指が沈んでいく。

「あっ、ああっ」

佳菜が膝立ちのまま、あごを反らす。どろりどろりとザーメンが垂れていく。するど、佳菜は左手の手のひらでそれを受け止め、ぺろりと舐めていく。

「ああ、美味しい」

佳菜が妖艶に笑う。

「ああ、佳菜さん……ああ、揉みたい、おっぱい揉みたいっ」

「マグロがなにを言っているのっ。恥を知りなさいっ」

いきなりペニスを摑むと、ぐっとひねってきた。

「あうっ……」

「反省するかしら」

「すいませんっ。触りたいなんて、言いませんっ」

良夫はがくがくと腰を震わせ、そう答える。佳菜は押し倒されたがっているのか、それとも、欲しい、と言っているだけなのかわからない。

ここで手を出して、怒りを買ったらお終いである。あせることはない。お互い団地の住人なのだ。

「はあっ、ああ……この匂いだけで……ああ、いきそうだわ」

そう言いながら、佳菜は良夫の目の前で、ふたつのふくらみをこねるように揉みしだいていく。

「ああ、ああ、いきそう……ああ、いきそう」

おっぱいを揉むだけでいくのか。

「ああ、ああ……もうだめ」

と言うなり、レギンスに手をかけ、ぐっと引き下げた。

良夫は目を見張った。いきなり、恥部があらわれたのだ。しかも、恥毛が濃かった彩美とはまったく逆のパイパンだったのだ。

すうっと通った割れ目がもろに剝き出しとなっている。

これが、割れ目か。おま×この入り口か、と良夫は思わず、その場にしゃがみ、未亡人の秘裂に見入った。

顔射されたままの佳菜は、良夫がしゃがみこんだことに気づかないようだった。ガン見された状態で、右手をクリトリスに向けた。そして、これまた剝き出しの肉芽を摘むと、ころがしはじめたのだ。

「ああっ、いいっ、いい、いいっ」

佳菜がぴくぴくと股間を動かし、火の息を吐く。

「あああっ、いきそうっ、ああ、いっていい？　あああ、悠人さん、いっていいかしらっ」

と佳菜が亡き夫に聞く。良夫は思わず、悠人に代わって、

「いくんだ、佳菜」

と答えた。すると、

「あなたっ、あなたっ……あ、ああっ、い、いく……いくいくっ」

と佳菜が良夫の目の前で、美貌からザーメンを垂らしつつ、激しくアクメを迎えた。

良夫は佳菜の色香に圧倒されつつ、鈴口からあらたな先走りの汁を出していた。

第五章　遙香　急接近

1

翌日の午後。良夫はあわてて、カフェウィドゥに向かっていた。

モーニングは遙香の店で食べ、ランチは菜々美から弁当を買った。ランチタイムが終わった頃に、コーヒーを飲みに、カフェウィドゥに行くつもりでいたが、ネット会議が長引いて、行くのが遅れてしまっていた。

今日も、冴島というストーカー野郎が来ているのではないのか、と良夫は心配していた。

三時過ぎにカフェウィドゥを訪ねると、カウンターにあの野郎がいた。

カウンター越しに、遙香の手を握っている。

「こんにちは」

と良夫から声をかけると、いらっしゃい、と強張った笑顔を向けて、遙香がさっと手を引いた。

冴島が良夫をにらみつけ、カウンターには近寄れず、またも、テーブル席に座った。冴島のにらみをものともせずに、カウンターに座れればいいのだが、そこまでの度胸はない。

遙香がカウンターの奥から出ようとすると、冴島が腕を摑み、それを阻止する。

「注文を聞きに行くだけです」

と言い、遙香が冴島の手を振り払い、こちらに来る。

「ごめんなさい……」

と遙香が良夫を見て、いきなり謝った。良夫を見つめる瞳が、うっすらと潤んでいる。どうにかしたい、と思うが、どうすればいいのかわからない。

「なににしますか」

「コーヒーをください」

「本日のケーキはガトーショコラです」

と遙香が言う。

「それ、遙香さんの手作りですか」

「そうですよ。どこからか、取り寄せていると思ったんですか。ひどいなあ」

と遙香が笑う。

「いや、そんなことは……」

「一日、ひと種類だけ作っているんですよ」

遙香は良夫のテーブルから動かない。テーブルの端に両手をついて、前のめりになって、美貌を寄せてきている。

エプロンに包まれた胸元が迫って、ドギマギする。

昨日、彩美で男になり、佳菜に顔射までしていたが、三十年続いた童貞スピリッツは簡単にはなくならない。

「遙香ちゃんっ。コーヒーのお代わりっ」

と冴島が言う。客は、冴島と良夫だけだ。

遙香は良夫に身を乗りだしたままでいる。

「遙香ちゃんっ。聞こえてるっ」

冴島の声が虚《むな》しく響く。冴島がストゥールを下りた。鬼のような形相で、こちらにやってくる。

「遙香ちゃん、彼氏の声、聞こえないはずないよね」

そう言いながら、迫ってくる。

「さあ、お代わり頼むよ」

と言って、冴島が背中を向けたままの遙香の手を摑み、自分の方を向かせようとした。

すると、冴島に手を摑まれたまま、遙香がすうっと良夫に美貌を寄せてきたのだ。

あっ、と思った時には、遙香の唇が良夫の口に重なっていた。

「えっ、な、なに……これって、なに」

遙香は唇を押しつけたままだ。もちろん、良夫から口を引くことはない。

「遙香ちゃんっ。これって、なにかな……なにかな」

冴島は真横に移動していた。遙香と良夫がキスしている横顔を、鬼のような顔で見つめている。

「私、今、良夫さんと付き合っているんです」

いきなりの告白に、良夫は目を丸くさせた。冴島は真っ青になっている。

「う、うそだろう。こんな童貞野郎と遙香ちゃんが付き合うなんて、ありえないだろうっ」

どうして、俺が童貞野郎だってわかるんだ。厳密には童貞ではないが……。

「付き合っているの」

と言って、また唇を寄せてきた。今度は、遙香の唇がわずかに開いていた。まさか、舌を入れる気かっ。

遙香の唇が重なる時、良夫も口を半開きにしていた。すると、ぬらりと遙香の舌が入ってきた。

「うんっ、うっんっ」

悩ましい吐息を洩らしつつ、遙香の方から積極的に舌をからめてくる。

「な、なにを……しているんだっ……俺とは一度しかしていないじゃないかっ。ベロチューはしてないぞっ」

こいつとも、キスしたことはあるのか。一度でもキスしたことがあるのなら、この執着ぶりもわかる気がする。

なにせ、今、遙香と舌をからめていて、良夫はすでにメロメロになっていたからだ。そうだ。こいつは舌はからめていないんだ。ただ唇を合わせただけか。

俺は今、遙香の唾液の味を楽しんでいるんだぞっ。

「離れろっ、当てつけなんだろうっ。どうして、俺を怒らせるんだっ」

舌をからめつつ見ると、冴島は今、真っ赤になっていた。

遙香が唇を引いた。ねっとりキスをし続けたせいか、唾液が糸を引いた。それを、遙香がちゅうっと吸った。

「は、遙香ちゃん……」

「付き合っている人がいますから。二度と来ないでください」

そう言うと、遙香がテーブルを離れ、カウンターに向かっていく。

冴島は呆然と遙香の後ろ姿を見つめている。今日は珍しく丈が短めのスカート姿だった。裾からのぞく太腿が、とても艶《つや》めいて見えた。

冴島は良夫をにらむことなく、出ていった。かなりショックだったようだ。

まあ、良夫が逆の立場なら、立ち直れないだろう。だって、俺のような童貞野郎に好きな女を取られたのだから。

遙香がコーヒーとガトーショコラを乗せたお盆を持って、こちらにやってくる。

視線は合わせない。頬がほんのりと赤らんでいる。

「どうぞ」

とテーブルに置く。視線は合わせないままだ。

「ああ、ごめんなさい、良夫さん」

とここで、真っ直ぐ見つめてきた。

「えっ……」

謝られるようなことはされていない。

「いきなりキスするなんて……私、どうかしていました……」

「い、いや……」

「ご迷惑だったでしょう」

「えっ、まさかっ、迷惑だなんて、ありえませんっ」

と思わず大声をあげてしまう。すると、遙香が良夫を見つめ、

「ありがとう」

と礼を言う。

「そんな、礼を言うのは僕の方ですよっ。ありがとうっ、遙香さん」

キスして、お互い礼を言い合っている。

遙香がうふふと笑う。変な緊張が解けていた。

「なにか、可笑《おか》しいですね。あの、誤解されていてはいやだから、言いますけど、
冴島さんとキスはしていませんから」

と遙香が言う。

「さっき、一度だけって……」

「あれは、冴島さんが、不意打ちで口を押しつけてきただけです。良夫さんの時

とはぜんぜん違います」

「ぜんぜん、違う……」

「はい。気持ちがぜんぜん……あら、変なこと言っているかしら」

遙香はまた、頬を赤くさせて、ケーキどうぞ、と言い、背中を向けた。

気持ちがぜんぜん違う、気持ちがぜんぜん……違う……。

良夫は胸を熱くさせていた。

ガトーショコラを食べる。

「ああ、美味しいですっ」

と思わず叫んでいた。

2

夕方——トレーニング室を訪ねた。ドアを開くと、甘い汗の匂いが良夫の顔面を包んできた。はじめて嗅ぐ匂いだった。

ランニングマシンを菜々美と遙香が使っていた。

「遙香さん……」

菜々美も遙香も、スポーツブラにレギンス姿だった。後ろから、ふたりの華奢な背中とぷりっと張ったヒップが見える。

遙香も菜々美に負けないくらい、高く吊《つ》り上がっていた。

不覚にも、良夫はいきなり勃起させてしまった。

これはまずい。これから、俺も走るのだ。ブリーフで押さえているからもっこりはしてないが、走りづらい。

「あら、良夫さん」

人の気配に気づいたのか、遙香が振り向き、笑顔を見せる。

遙香も菜々美同様、ポニーテールにしていた。テールが菜々美より短かったが、なかなかそそる。

すでにふたりとも、かなり走っているのか、首筋から胸元へと次々と汗の雫が流れている。特に遙香は谷間に流れまくりだ。

菜々美と遙香が並んで走っていて、良夫は一番端のマシンに乗った。隣が遙香だ。

遙香から甘い汗の匂いが漂ってくる。ドアを開けてすぐに嗅いだ匂いは、遙香のものだった。股間にびんびんくる匂いだ。

「店、閉めているんですか」

「はい。ちょっと、気晴らしに……」

ぎこちない笑顔を見せる。さっきのことか。

「さっきは、すいませんでした」

と走りつつ、遙香が言う。

「なにかあったんですか」

と向こうから、菜々美が聞いてくる。

「キスしたの」

と遙香が言い、えっ、うそっ、と菜々美が甲高い声をあげる。

「ふたり、そういう関係だったんですかっ」

「そういう関係じゃないから、謝っているの。ストーカー除《よ》けでキスしたから」

「ああ、そうですか。でも、いいなあ。良夫さんとキスなんて」

と菜々美が信じられないことを言う。

これは幻聴か。きっとそうだ。

「うらやましいでしょう」

と遙香が言う。

えっ。もしかして、これはモテているのか。モテている状態なのか。モテたことがないから、この状況をよく呑み込めていない。

「あっ、もうこんな時間っ」

と言うと、菜々美はランニングマシンから降りた。流れる汗を拭《ふ》きつつ、お先に失礼します、と遙香と良夫に頭を下げる。

そして、Tシャツを着て胸元を隠すと、トレーニング室から出ていった。

昨日は、彩美とふたりきり、そして今日は、遙香とふたりきり。

昨日は、彩美相手にここで童貞を卒業したのだ。あれは昨日のことだったが、もう一週間くらい前のような気がする。男になったその夜、会議室で佳菜に顔射して、さっきは、遙香と見せつけベロチューをしていた。

「時々、ディナータイム前に店を閉めて、汗を流しているんです」

「そうなんですね」

ドアが開いた。菜々美が忘れ物でもしたのかな、と思って振り向くと、冴島が入ってきた。

「ふたりきりでなにしているんだっ」

一直線に良夫に近づくと、いきなり、パンチを繰り出してきた。まさか、いきなり殴られると思っていなかった良夫は、もろに顔面にパンチを食らった。

「ぐえっ」

と良夫はよろめく。

「俺の女に手を出しやがってっ」

ともう一発パンチをぶちこみ、そして、腹にパンチを埋め込んでくる。

「うぐ、ぐえっ……」

先手を取られ、パンチを食らい続けてしまう。冴島のパンチは重かった。

「やめてっ」

と遙香が叫び、冴島の腕を摑んでいく。

「放せっ、遙香っ。ここでやるつもりだったんだろう」

冴島が遙香の手を振り払い、重いパンチを良夫のお腹に埋め込んできた。

良夫は膝から崩れた。

「俺の女を取るんじゃないっ」

と冴島がとどめの蹴《け》りを良夫に見舞おうとしたが、良夫の視界に菜々美の足が飛び込んできた。

しゅうっと空気を切り裂き、ぱんっと冴島の尻にキックが炸裂《さくれつ》する。

良夫のあごに蹴りを入れようとしていた冴島がよろめいた。菜々美がさらにキックを冴島の背中から尻に見舞う。

「誰だっ」

振り向いた冴島の股間に、菜々美の足の先が炸裂した。

ぐえっ、と冴島が倒れていく。

「菜々美ちゃんっ、す、すごい……」

遙香が目を丸くさせている。良夫もびっくりしていた。

「護身術ですよ。はじめて役に立ちました」

「おまえっ」

と冴島が起き上がろうとする。またも、菜々美が股間に蹴りを入れた。

「ぎゃあっ」

と冴島が白目を剝く。

「菜々美ちゃんって、もしかして、処女かしら」

と遙香が聞く。

「えっ……どうして、わかるんですか」

「だってねえ……袋がつぶれるかもしれないわよ」

「ふくろ……」

菜々美はよくわからないようだ。

「おち×ぽの下に、とてもやわらかい袋があるのよ。そこが、一番の急所なの」

そう言って、白目を剝いている冴島の股間を、遙香が素足の先でちょんと叩いた。すると、ううっ、と冴島がつらそうにうめく。

「ふくろ？　ああ、なんかぐにゃっとした感触でした」

菜々美は蹴りひとつで処女だとわかって、頰を赤らめている。

「良夫さん、大丈夫ですか」

と遙香が膝をつき、倒れたままの良夫をのぞきこんでくる。

スポーツブラに包まれた豊満なバストが汗の匂いとともに迫り、良夫はドギマギする。

菜々美も膝をつき、左手からのぞきこんでくる。

左右からふたりの美女にのぞきこまれ、良夫はしばし、殴られた痛みを忘れた。

「大丈夫です」

遙香が背中に手をまわし、上半身を起こしてくれる。

「菜々美ちゃん、ありがとう。助かったよ」

と良夫は助っ人に礼を言う。菜々美が戻ってこなかったら、殴られっ放しだった。冴島はかなり興奮していたから、汗まみれで肌を露出させた遙香を見て、その場に押し倒していたかもしれない。危なかった。

「良夫さん、素敵でした」

と遙香が思わぬことを言う。

「えっ……」

「だって、一発も反撃しなかったんですもの。私を守るために、ずっと殴られていて……ああ、感動しました」

息がかかるほどそばで良夫を見つめる遙香の瞳に涙がうっすらとにじんでいる。

まさか、俺のために泣いているのかっ。

しかし、勘違いもいいところだ。反撃しなかったのは、不意をつかれて、反撃する機会を失っただけだった。

が、遙香は自分を守るために、良夫が望んで標的になっていたと思っている。

「ああ、腫《は》れてきましたね」

と言って、遙香が右の頬を撫でてくる。すると菜々美が左の頬を撫でてきた。

ああ、なんてことだ……幸せだ……。

「お腹はどうですか」

と遙香がTシャツの裾を摑み、ぐっと引き上げた。

「あら、お腹も……」

腹も腫れていた。そこも、遙香が愛《いと》おしむような手つきで撫でてくる。

「冷やした方がいいです」

と菜々美が言い、そうね、と遙香もうなずく。

「良夫さん、立てますか」

と遙香が聞く。立てたが、ううっ、とわざとうなる。すると遙香が、菜々美さん、手伝って、と言って、ふたりがかりで、良夫を抱えあげていく。

右手から遙香が、左手から菜々美の上半身が密着する。

スポーツブラ越しだったが、右腕に遙香のバストの隆起を感じる。左腕にもTシャツ越しに菜々美のバストを感じる。

しかも、ふたりの汗の匂いに包まれている。

「部屋まで行きましょう」

と密着したまま遙香がそう言う。

「あの、この人は？」

と菜々美が伸びたままの冴島を見つめる。

「放っておいていいわ」

殴られたのはむかついたが、これで一気に遙香と親密になれそうで、冴島に感謝する。

ふたりに密着されたまま、C棟を出た。B棟へと向かう。

3

良夫の部屋に入った。ベッドに寝かされる。

「氷はありますか」

と遙香が聞く。冷蔵庫にあるかもしれません、と言うと、遙香がキッチンに走る。

「さっきの人、ふくろ、大丈夫ですかね」

と菜々美が心配そうに聞く。

「つぶれたりしていませんか」

「大丈夫だよ。つぶれていたら、痛くて、起きていたはずだよ」

「そうですか。私、男の人の身体、ぜんぜん知らなくて……」

遙香が氷を持って戻ってきた。

「氷、少ないから、店から持ってきますね」

と遙香が氷をじかに頬に当てつつ、そう言う。ひんやりとした感覚が気持ちい い。あと、おねがい、と菜々美に言って、遙香はスポーツブラとレギンスのまま で、出ていった。

あの姿を団地の男たちが見たら、興奮するだろう。

菜々美は自分の汗を拭いていたタオルに氷を包み、そして、良夫の頬に当ててきた。

「お腹の方に当ててくれないか」

菜々美に腹を触って欲しくて、良夫はそう言う。菜々美は、はい、と返事をして、Tシャツの裾をたくしあげる。それだけでも、興奮する。痛みを忘れる。

菜々美がお腹に氷を包んだタオルを当ててくる。

「あの……おねがいがあるんですけど」

と菜々美が言う。

「なんだい」

「あの……男の人の身体って、知らないんです」

「処女だって言ってたよね。遙香さんが当てたのには驚いたけど」

「見てみたいんです」

「見て、みたい……」

「はい。見てみたいんです」

お腹を氷を包んだタオルで撫でつつ、菜々美がじっと良夫を見つめてくる。

すでに、良夫は勃起させていた。ブリーフがパンパンになっている。頬やお腹が痛みでじんじんしていたが、びんびんに勃起している。

「彼氏のを見せてもらえば……」

「良夫さんのを見たいんです。彼氏におち×ぽ出させたら、そのままエッチになってしまいます」

「そうかもしれないね」

「それはいやですっ。やっぱり、はじめては、お互いの思いが盛り上がって、ベッドの上で愛し合うのがいいんです。おち×ぽや袋を見るために脱いで、そのまま、初体験なんて、夢もなにもないです」

「そうかもしれないね」

夢見る処女ということか。良夫だって、三十になるまで夢見る童貞だったが、トレーニング室で未亡人相手に童貞を失ってしまった。

もちろん後悔してはいないが、本来は、菜々美が言う通り、お互いの気持ちが盛り上がって、白いシーツの上でやるのが理想だ。

「良夫さんなら、信頼できますから」

と言って、お腹からタオルを上げて、頬を押さえてくる。

お待たせせっ、と玄関の方から遙香の声がした。

はあはあ、と荒い息を吐いて、入ってくる。全速力で取りに行ってくれたようだ。

「氷、たくさん持ってきたわ」

氷入れからこぼれんばかりに、持ってきていた。

遙香の全身が汗ばんでいる。剝き出しの二の腕やあらわなバストの谷間に、無数の汗の雫が浮き上がっている。

ああ、舐め取りたい、と思う。

遙香が自分のタオルに氷を大量に入れて、くるむと、顔に持ってきた。汗の匂いが鼻孔を包んでくる。

ひんやりとした感覚と甘い匂いに、くらくらとなる。

痛みがすうっと引いていく。

「どうですか」

「気持ちいいです」

と思わず、正直に答えてしまう。

「菜々美ちゃん、ありがとう。なにか用事があるんでしょう」

「そうでしたっ。彼と駅前で会う約束をしていたんですっ。トレーニング室から遙香さんの悲鳴が聞こえたから、あわてて戻ってきて……ああ、すいませんっ、後はおねがいしますっ」

良夫さん、と名前を呼んで菜々美がウィンクしてきた。さっきのおねがい、よろしく、という意味だろう。

遙香を前にして、アイコンタクトとは大胆だ。

と同時に、なにか秘密を持ち合っているようで、ドキドキした。

菜々美がいなくなると、急に部屋の空気が濃くなる。

遙香とふたりきりだ。しかも遙香の格好がエロすぎる。ずっと、遙香のバストの隆起を拝んでいる状態だ。もちろん、ブリーフはぱんぱんのままだ。

「ごめんなさい、良夫さん。ちょっとあいつを煽りすぎましたね」

ベロチューのことを言っているのだろう。

「ああ、でも……」

「でも、なんですか」

「でも、私、冴島の前で良夫さんとキスをして……その、すごく……」

すうっと遥香が美貌を寄せてきた。

あっと思った時には、唇が重なっていた。口を開くなり、ぬらりと遥香の舌が入ってくる。

「うんっ、うっんっ」

すぐさま、お互いの舌を貪るようなベロチューとなる。遥香の唾液は舌がとろけるように甘い。

遥香はそのまま抱きついてきた。スポーツブラに包まれた胸元を、良夫の胸板に押しつけてくる。

すると、乳首をつぶすことになるのか、火の息を吹き込んでくる。

「ああ、ごめんなさい。殴られて、痛いのに……なんか、久しぶりに……疼いてしまって……」

頬を赤らめつつ、遙香がそんなことを言う。

「久しぶりに……」

「だって、主人が亡くなってから、ずっと、独り身だったから……」

未亡人となって、誰ともやっていないということか。思えば、彩美も佳菜も疼くと言っていた。

遙香が短パンの股間に目を向けた。しばらくじっと見つめ、ためらいを見せた後、ぐっと摑んできた。

「ああ、硬い……私とキスして……こんなにさせてくれているんですか」

はい、とうなずく。

「うれしいです。私なんかで、いいんですか」

これって、なにっ。エッチしてもいいんですか、という意味なのかっ。

「もちろんです」

と声を震わせつつ、答える。

「ああ、すごく硬い……あの、じかに……いいですか」

恥じらいの風情を見せつつも、遙香が聞いてくる。彩美といい、佳菜といい、未亡人はとにかく、生の硬いち×ぽに飢えている気がする。

はい、とうなずく。すると、遥香がためらうことなく、短パンを下げていった。もっこりとしたブリーフがあらわれる。

「つらそう……」

と言いつつ、遥香がブリーフも下げていく。すると、弾けるようにペニスがあらわれた。

「す、すごい……たくましいですね、良夫さん……意外でした」

そうなのか。意外なのか。もっと貧弱なち×ぽを持っていると思われていたのか。

遥香がじかに握ってきた。ぎゅっと掴んでくる。

「ああ、感じます……良夫さんを感じます」

遥香は熱い瞳で良夫を見つめつつ、強く掴んでくる。

「あっ、お汁が」

先走りの汁に気づいた遥香が、すうっと美貌を寄せて、ぺろりと舐めてきた。

「あっ、遥香さんっ……」

彩美も我慢汁はすぐに舐めてきた。先走りの汁を目にしたら、舐めずにはいられないのだろうか。

「美味しいです、良夫さん」

「ほ、本当ですか」

「もっと、舐めたいな」

そんなことを言う。じっと鈴口を見つめている。本当に美味しいのか。

不思議なもので、出して欲しい、と言われると、出ないものだ。

「あ、あの、お、おっぱい……見せてくれますか」

「私のおっぱい、見たいですか」

鈴口に息を吹きかけるようにして、遙香が聞いてくる。

「見たいですっ。物凄く見たいですっ」

「わかりました……良夫さんだけおち×ぽ出しているのは、フェアじゃないですものね」

そうだ。フェアじゃないぞ、遙香っ。

遙香がスポーツブラに手をかけた。胸元で両腕を交叉させるようにして、引き上げていく。

すると、ぷるんっと豊満な乳房があらわれた。ブラに包まれていた部分に、びっしりと汗の雫が浮き上がっている。乳首はつんととがりきっていた。

舐めたいっ、と思った時には、良夫は上体を起こし、遙香のバストに顔を埋めていた。

「あっ……」

顔面全体が濃厚な汗の匂いに包まれる。良夫はぐりぐりと豊かなふくらみに、顔を埋めていく。

「あ、ああ……はあっ、あん……」

良夫の顔面で乳首を押しつぶされるのが感じるのか、遙香が甘い息を洩らしている。そして、遙香の方からも強く乳房を押しつけてくる。

遙香が鎌首を指の腹で撫でてきた。我慢汁が出ているのか確かめているようだ。

「ああ、出てきたわ……ああ、お汁、たくさん、出てきたわ」

もっと出してというかのように、遙香が乳房をこすりつけてくる。良夫の顔面は、遙香の汗まみれとなっている。

遙香が乳房を引いた。そして鎌首を見る。先端は大量の我慢汁で白くなっていた。

「すごい」

と言うなり、遙香は美貌を下げて、ピンクの舌を出すなり、ぺろぺろと鎌首を舐めはじめる。しかも、良夫を見つめながらだ。

彩美といい、佳菜といい、そして遙香といい、未亡人は皆、エッチになるとエロくなる。

「美味しい……ああ、毎日、舐めたいくらい」

「いいですよ。毎日、舐めても」

「舐めるだけかしら」

と意味深なことを聞いてくる。

「入れたいですっ。遙香さんに、入れたいですっ」

と良夫は思いの丈を叫ぶ。

「ああ、私も……」

と遙香が言い、ぱくっと鎌首を咥えてきた。

「ああっ、遙香さんっ」

ペニスがどんどん遙香の口に吸い込まれていく。先端からとろけていく。気持ちいい。が、ここはフェラされて悶《もだ》えている場合ではないぞ、と思う。

一気にいくのだ。遙香がその気になっている時に。

良夫にしては珍しく、行動に出た。根元まで頰張ろうとしている遙香の肩を摑み、ぐっと美貌を引き上げると、抱き寄せようとした。

その時、お腹に激痛が走った。

「ううっ……」

良夫は顔を歪める。

「痛むのね。寝ていてください。しっかり冷やしましょうね」

顔を歪めたまま、良夫はベッドに寝かされる。

「氷、替えますね」

新しい氷で包んだタオルをお腹に置く。

腹は痛いが、ペニスは天を突いたままだ。それが遥香の唾液まみれとなってい
て、またそそる。

「すごいままですね。お強いのね、良夫さん」

勃起したペニスをうっとりと見つめ、遥香がそう言う。

「遥香さん……入れたい、入れたいです」

腹の痛みに顔をしかめつつも、良夫はそう言う。

「私のおま×こは逃げないから」

そう言って、遥香が妖艶に微笑む

「おま×こ、ああ、おま×こ」

と童貞男のようにおま×こを連呼する。

「うふふ。変な良夫さん」

変じゃないっ。これは男として正常すぎる反応だろうっ。タイプの美人がバスト丸出しで、おま×こ、と口にしているのだ。

入れるのがだめなら、おっぱいだと、手を伸ばそうとするが、腹にあらたな痛みが走る。

「だめです、良夫さん」

乳房を摑む寸前で、遙香が良夫の手を摑み、脇へと戻した。そして、ベッドの脇の置き時計を見ると、

「あっ、いけないっ。こんな時間っ」

と叫んだ。

「ディナーの時間だから、開けないと……あの……」

ペニスを摑みつつ、遙香が良夫を見つめる。

「なんですか」

「続きは、店を閉めてから……」

頬を赤らめそう言うと、あわてててスポーツブラを着て、寝室から出ていった。

「遙香さん……」

良夫は起き上がろうとしたが、腹の痛みにうめき、起きるのをやめた。

4

良夫はずっとベッドに寝て安静にしていた。すぐに冷やしたからか、頬の腫れも、お腹の腫れも、かなり引いていた。とくに、頬の腫れはもうわからなくなっている。

お腹は何発か続けて食らったから、紫に変色していたが、さほど痛みはない。

遙香は店を閉めた後、続きを、と言っていた。続きというのは、どう考えても、エッチのことだろう。

遙香とエッチ。遙香とおま×こっ。

すでにキスをして、フェラもしてもらっている。エッチという想像は絵空事ではない。リアルにやってくるはずだ。

思わぬ展開に、にやにやが止まらない。良夫は股間丸出しのまま、寝ていた。

ずっと勃起しているからだ。

遙香とのエッチのことが頭から離れず、萎える暇さえなかった。

しかし、これこそ災い転じて福、だろう。冴島には感謝しかない。あいつはどうしているのだろうか。目を覚まして、そのまま帰ったのだろうか。

また、カフェウィドゥに来ているかもしれない。いや、さすがにないか。

気になるが、それよりも、菜々美の動向が気になっていた。

『良夫さんのを見たいんです。彼氏におち×ぽ出させたら、そのままエッチになってしまいます』

出ていく時、良夫に向かってウィンクしたのだ。あれは、今夜、来ていいですよね、というウィンクだったと思う。

今夜。いつだろうか。カフェウィドゥは午後十時に閉店する。それから片づけを終えて、遙香はやってくるだろう。真っ直ぐ来ないかもしれない。シャワーを浴びてくるかもしれない。

いずれにしろ、菜々美が来ても、十時までだ。遙香が来た時、菜々美の前でち×ぽを出していたら、最悪だ。それだけは避けないと。

いや、そもそも、菜々美の申し出を断ればいいじゃないか。いや、それはできない。菜々美にち×ぽを見せるのは、菜々美のためなのだ。

菜々美のためというのは詭弁《きべん》だ。菜々美に勃起させたち×ぽを見せたいのだ。菜々美がどんな顔をするのか見たいのだ。菜々美とエッチになることはないだろう。

でもち×ぽを摑んだり、袋を撫でたりはしてもらえるはずだ。

ベッドの上でち×ぽ丸出しのままいろいろ妄想していると、どんどん時間は過ぎていく。九時を過ぎ、九時半をまわった頃、チャイムが鳴った。

遙香はまだはやい。たぶん、菜々美だ。菜々美だと思った途端、ぐぐっとペニスが反り返る。ブリーフを引き上げるものの、収まりきらない。

そうこうしているうちに、菜々美が勝手に入ってきた。

「こんばんは」

と寝室のドアをのぞいてくる。

「あっ、すごいっ」

ブリーフに収まりきらずに、半分ほどはみ出させてしまっているペニスを見て、菜々美が驚きの声をあげる。

菜々美はTシャツにミニスカート姿だった。TシャツはぴたTで、上半身のラインがもろわかり。スカートはかなりのミニ丈で、すらりとした脚線美を見せつけていた。

それを見て、さらに太くなっていく。

「あっ、今、大きくなったっ」

目を丸くさせつつ、菜々美が寝室に入ってくる。

「デートはどうだったの」

ち×ぽをブリーフの中に押し込むのは、あきらめていた。

「また、エッチしたいって、そればかりなんです。マコト、私のからだにしか興味がないんです」

「そうじゃないと思うけどね……」

まあ、ファッションとはいえ、菜々美がエロエロすぎるのだ。

「マコトはこんなに大きなおち×ぽじゃない気がします」

ベッドの脇から、菜々美が良夫の股間を見つめてくる。

「勃起しているから大きいだけで、普段は小さいんだよ」

「そうなんですか」

「そうだよ。いつも、こんなに大きいままじゃないよ」

「じゃあ、小さくさせてください」

「えっ」

「ノーマルな状態を見たいです」

それはそうかもしれないが、無理な気がした。なにせ、とびきりの美人が、息がかかるほどそばで、勃起させたペニスを見つめているのだ。

「まだ、腫れが残っていますね」

氷のタオルを脇にやって腹を見た菜々美が、そろりと腫れを撫でてきた。

「あっ……」

ぞくぞくとした感覚に、思わず、声をあげてしまう。

「ごめんなさいっ。痛みますか」

「いや、反対だよ」

「反対？」

「気持ちよくて、声が……」

「撫でると、気持ちよくなるんですか。それはいいですね」

と言って、菜々美が再び、そろりと撫でてくる。

不思議なもので、菜々美に撫でてもらうと、痛みはすうっと抜けて、心地よさが広がっていく。が、それはだめだ。ペニスがまったく小さくならない。

「ありがとう。もういいよ」

「そうですか。でも、痛みがなくなるなら……」

と菜々美が怪訝な顔をする。

「いや、痛みがなくなるのはいいんだけど、気持ちよくて、小さくならないんだ」

「おち×ぽ、触ってませんよ」

「ち×ぽも身体の一部だから、他が気持ちよくても、勃つんだよ」

「そうなんですか。でも、大きいですよね。なんか、もっとグロいかと思っていたんですけど、見ているうちに、変な気分になってきました」

「変な、気分……気持ち悪かったら、見なくていいから」

「ううん。逆です……」

勃起させたペニスを見つめる菜々美の瞳が、潤みはじめていた。いつの間にか、ペニスに引きつけられているようだ。

勃起したペニスというのは、性体験豊富な未亡人だけではなく、未体験の女性にも威力があるのだろうか。

「あ、あの……握ってみて、いいですか」

と菜々美が聞く。声が甘くかすれている。いいよ、と言うと、右手でお腹をさすりつつ、左手を良夫の股間に伸ばしていく。

菜々美の手が近づくだけで、ペニスがひくひく動いた。

「あっ、動かしたんですかっ」

「いや、勝手に動いたんだよ。ち×ぽはこちらの意思ではどうにもできないんだ」

「そうなんですか。ああ、お、おま×こといっしょですね」

「えっ」

「いや……濡らしたりするのは、私の意思とは関係ないから……」

ぽっと頬を赤らめる。

「菜々美ちゃんでも、濡らしたりするのっ」

驚くことではないかもしれないが、やはり、驚いた。

「それは、しますよ……もう、二十一だし……良夫さん、菜々美が処女だからって、馬鹿にしていませんか」

と菜々美が甘くにらんでくる。

りえない。

「いや、そんなことはないよ」

そもそも、昨日、童貞を卒業したばかりなのだ。処女を馬鹿にするなんて、あ

菜々美がペニスを握ってきた。

「あっ、硬いっ。こんなに硬いんですか」

「いつも硬いわけじゃないんだよ。興奮した時だけ、硬くなるんだ」

「じゃあ、今、興奮しているってことですか」

「まあ、そういうことに、なるね」

「えっ……菜々美に興奮しているってことですよね。でも、菜々美、今、裸じゃないですよ。むしろ、良夫さんが裸っぽいです」

良夫はTシャツをたくしあげ、短パンは膝まで下げ、ブリーフはペニスの下まで下げられている。なんとも情けない格好だ。ただ不思議なもので、勃起したペニスが、その情けなさをすべて払拭《ふっしょく》している。

「裸じゃなくても、菜々美にですか」

「今の、菜々美に興奮するよ」

うん、と良夫はうなずく。

「じゃあ、マコトも菜々美と会っている時、ずっと興奮していたってことですか」

「そうだね」

「だから、エッチしたがっていたんですか。もう、私の存在自体が、興奮材料になるってことですか」

「まあ、そうだね」

ぴたTに、超ミニだから興奮していたが、これが上品なワンピース姿でも興奮するだろう。

とにかく、やりたい盛りの男は彼女がどんな格好をしていても、エッチしたいのだ。

「そんな……じゃあ、菜々美がマコトを苦しめているってことですか」

「あ、ああ……そうだね」

菜々美がペニスをしごきはじめた。

「どうしたんですか」

と聞きつつ、ぐいぐいしごいてくる。

「ちょっと、それは……」

「痛いですか」

「逆だよ。気持ちいいんだ」

「そうですか。これは、どうですか」

と右手で胴体をしごきつつ、左手の手のひらで鎌首を包んできたのだ。そして、撫ではじめたのだ。

「ああっ、それっ、いいよっ……ああ、どうして、知っているのっ？」

「えっ、なにがですか」

と聞きつつ、菜々美は先端を包んだまま、手のひらを動かしてくる。

「それだよっ。さきっぽが急所だって、どうして知っているのっ」

「そうなんですか。ここ、急所なんですか。知りませんでした。ただ、見ていたら、ここを撫で撫でしてあげたいな、と思って」

そう言いながら、なおも、先端を包み撫でしてくる。もちろん、胴体をしごきながらだ。

なにも知らないはずの菜々美のテクに、良夫は腰をくねらせる。

「気持ちいいんですか」

「ああ、気持ちいいよっ……ああ、いいよっ」

「これ、マコトにしてあげたら、喜びますか」

「喜ぶよっ。ますます、菜々美ちゃんのこと、好きになるはずだよっ」

さらに腰をくねらせつつ、良夫はそう言った。

5

「あの……袋、触っていいですか」

さんざん鎌首撫でをした後、菜々美がそう聞いてきた。

「いいよ。そもそも、袋を見たかったんだよね」

はい、と菜々美がうなずく。左手の手のひらを鎌首から引くと、ねっとりと我慢汁が糸を引く。

「なんかぬるぬるしていると思っていたら、これだったんですね。これ、ザーメンなんですか」

手のひらで引いている糸を、菜々美がじっと見つめてくる。

「いや、違うよ。我慢汁だよ」

「我慢のお汁。良夫さん、我慢しているんですか」

「まあね……」

「私とエッチしたいと思っているんですか」

「いや、思っていないよ」

「でも、今、我慢しているって」

「射精するのを我慢しているってことだよ」

と誤魔化《ごまか》す。もちろん、菜々美とのエッチを我慢していた。ここで、劣情に任せて押し倒したりしたら、この団地にはいられなくなるだろう。それはいやだ。遙香に、彩美、そして佳菜と別れたくはない。

それなら、いくらでも我慢する。我慢汁を出し続ける。

「そうなんですか。ごめんなさい。でも、射精はだめですよ」

と言って、菜々美はペニスの付け根にある袋に手を向けていく。

「ああ、やわらかい。すごくやわらかいですね」

やわやわと触りつつ、菜々美がそう言う。

「その中に、玉があるだろう」

「た、玉、ですか」

菜々美が袋を握ってくる。

「あっ、ありましたっ。玉、ありましたっ」

「袋も、玉もすごく繊細なんだよ。ここを蹴れば、即、失神だよ」

「だから、遙香さんのストーカーも、ひと蹴りで倒れたんですね」

「そうだね」

「私、ひどいことしたのかな。もしかして、ストーカーの玉、つぶしたかも」

「大丈夫だよ。たぶん」

話している間も、菜々美はずっとやわやわと袋を揉んでいた。これがまた、なんとも心地よく、あらたな我慢汁を出してしまう。

「なんか、我慢のお汁だらけになってきました」

「そうだね……我慢しているからね……」

「マコトも我慢しているんですよね」

「そうだね」

「マコトもデートしながら、おち×ぽの先は我慢のお汁だらけにしているんですか」

「しているかもね」

「なんだか、可哀想《かわいそう》です」

舐めて欲しい、と言いたいのを、懸命に我慢していた。

「出したいですか」

「えっ」

「我慢はつらいですよね。なんか、良夫さん、すごくつらそうな顔をしています」

袋から手を離した。助かったと思ったが、すぐに右手で胴体を摑み、しごきながら、美貌を寄せてくる。そして、頬を左手で撫でてきた。

これがたまらなかった。もう、良夫も女のように全身性感帯状態になってしまっていた。頬を撫でられても、腰をくねらせてしまっていた。

彩美や佳菜は我慢汁を見たら、舐めてくれた。でも、処女の菜々美は可哀想と言いつつも、舐めてはこない。まあ、今、舐められたら、即暴発してしまいそうで怖かったが。

「可哀想。ああ、良夫さんの我慢している顔を見ていると、マコトを思い出します。マコトもこんな顔をして、菜々美を見るんです」

左で頬を撫で続け、息がかかるほどそばまで美貌を寄せて、菜々美がそう言う。

「私、決めましたっ」

「なにを」

「良夫さん、ありがとうございましたっ」

暴発ぎりぎりでペニスから手を離し、菜々美は頭を下げた。

そして、良夫に背中を向け、寝室から出ようとする。

「えっ、菜々美ちゃんっ……えっ……決めたって、なにをっ」

「我慢させないことにしました」

振り返り、そう言うと、菜々美は出ていった。

「菜々美ちゃん……お、俺は……」

どうなるの。

暴発寸前まで責められ、放置されたペニスが虚しくひくついていた。

まあ、遙香と菜々美がかち合わなかったから、よかった、ということにしよう。

我慢汁を出しつつも、ほっとしていると、

「あらっ、菜々美ちゃん」

と玄関から遙香の声がした。

まずいっ。

「どうしたの」

「後は、遙香さん。おねがいします。良夫さん、すごくつらそうなんです」

と言う菜々美の声が聞こえてくる。

「えっ、つらそうって」

良夫さんっ、と叫ぶ声がして、遙香が寝室に入ってきた。

ブリーフを引き上げる暇もなく、またも、胴体だけを覆う状態のところに、遙香が姿を見せた。

「痛みますかっ……えっ、どうして……勃たせているんですか……お、おち×ぽ、丸出しに……我慢汁まで……えっ、どういうことですか」

遙香は目を丸くさせ、そして、良夫をにらみつけてきた。

第六章　ハーレムカフェ

1

「これは違うんですっ」

と思わず、良夫は叫んでいた。

「なにが、違うんですか。つらそうって、痛みでつらいんじゃなくて、出すに出せなくてつらそうってことですよね」

そう言いながら、ベッドに迫ってくる。

良夫は勃起したペニスを隠そうと、懸命にブリーフを引き上げるが、大きくなりすぎたままで、収めることができない。

「随分、我慢のお汁を出しているんですね」

と言って、人差し指の先で、そろりと先端を撫でてきた。

「あっ……だめっ、それだめっ」

暴発寸前だったのだ。ちょっとした刺激でも（しかも、自分の指でなく、遙香の指だ）出してしまいそうだ。

「なにがだめなんですか。菜々美ちゃんになにをさせたんですか」

良夫をにらんだまま、遥香は鎌首を人差し指の腹だけでなぞり続ける。

暴発しそうでしない。手のひらで包まれているわけではなく、指一本なのだ。

微妙に出そうで出せない刺激だ。

さすが未亡人だ。ち×ぽのことを知り尽くしている。

「誤解なんです、遥香さん」

「なにが誤解なんですか」

遥香が右手の人差し指で鎌首をなぞりつつ、左手の人差し指を裏筋へと伸ばしてきた。そろりと撫であげてくる。

「ああっ、それっ、だめっ」

「なにがだめなんですか」

と言いつつ、二本の指で責めてくる。

「あ、あああ、あああっ、もうだめだっ」

出る、と思った瞬間、さっと二本の指が引かれた。

「えっ……」

まさに寸止め状態で、ペニスがぴくぴく動いている。さらなる我慢汁がどろりと出た。でも射精はしていない。

「菜々美ちゃんに袋を見たいと頼まれて、見せたんです。菜々美ちゃん、処女で、ち×ぽ見たことないっていうから、見せてあげたんです」

「さっき、冴島の袋をつぶしましたからね」

「えっ、つぶれたの」

「さあ」

と言って、遙香がまた右手の人差し指を鎌首へと伸ばしてくる。

やめてくれ、という気持ちと、また感じたい、という気持ちがからみあう。

そんな中、遙香がそろりと鎌首を撫でてくる。

「ああっ……」

先端からとろけそうな快感に、良夫は下半身をくねらせる。気持ちよすぎて、とてもじっとしていられない。

「袋を見せてあげたのはわかります。でも、どうして、おち×ぽをこんなにさせて、我慢汁を出しているんですか」

「それは、菜々美ちゃんが亀頭を撫で撫でしてきたからです」

「うそ……」

と言って、遙香がぴんっと鎌首を弾く。

「あうっ……」

痛みを伴った刺激でさえも、暴発しそうになる。

「菜々美ちゃんがそんなことするわけないでしょう」

遙香が垂れ袋を手のひらで包んでいた。やわやわと揉みはじめる。

「あっ、それっ……」

「どうしたんですか」

右手で垂れ袋を揉みつつ、今度は左手の指先を蟻の門渡りへと伸ばしてきた。

そろりそろりと刺激してくる。

「ああっ、だめですっ」

「なにが、だめなのかしら」

遙香が小悪魔のような目になっている。

ああ、遙香さんも、こんな目をするんだ。なんてエッチなんだろう。

ペニス本体は責められていない。垂れ袋と蟻の門渡りだけだ。でもさらに我慢汁を出していた。

「たくさん、出てきましたね、良夫さん。どうしてですか」

「それは、気持ちいいからですっ。ああ、遥香さんが気持ちいいからですっ」

「私が気持ちいいの？」

「はい、気持ちいいですっ」

わけがわからないことを口走っている。

「菜々美ちゃんは袋と亀頭を触っただけですっ。それだけですっ。信じてくださいっ」

「信じるわ」

そう言うと、右手の指先を再び、鎌首に持ってくる。そして人差し指だけでなぞってくる。

「あ、ああっ、ああ」

たった指一本の刺激でも、出そうになっていた。

「出ますっ、ああ、出ますっ」

いく、と思った瞬間、遥香は両手を引いていた。

「えっ……」

またも出す寸前で止められ、良夫はどうして、という目で遥香を見つめる。

「出したら、私にかかっちゃいますよ。私を汚したいんですか」

「いいえっ、すいませんっ。出しませんっ。ごめんなさいっ」

連続の寸止めにあい、良夫はますます混乱していた。

「つらそうですね」

「つらいです、ああ、つらいです、遥香さんっ」

良夫はすがるような目を遥香に向けていた。

思えば、菜々美にいじられてから、出す寸前で、止められ、そして遥香にも二度寸止めをくらっている。ふたりの美女相手に、連続で三度寸止めをくらっているのだ。

出したかった。思い切り、出したかった。

「つらいなら、自分で出せば？」

「えっ、そんな……」

出したいが、自分でしごくなんていやだ。目の前に、ドストライクの美女がいるのだ。遥香に出してもらいたい。

「遥香さんに……出してもらいたいです」

「あら、贅沢《ぜいたく》ですね、良夫さん」

遙香がベッドに上がってきた。ノースリーブのカットソーにスカート姿だ。

「頬の腫れ、かなり引きましたね」

と言って、そろりと右の頬を撫でてくる。

「あ、ああ……」

それだけでも、感じてしまう。ペニスがひくひく動いてしまう。

「お腹はどうかしら」

と美貌を下げていく。ペニスに遙香の美貌が近づき、さらに我慢汁を出してしまう。もう、鎌首は真っ白で、胴体まで垂れている。

「腫れ、かなり引いてますね。紫になりつつありますね」

ごめんなさい、と言って、腫れにちゅっとくちづけてくる。

「あっ……」

それだけでも、たまらない。

遙香は舌をのぞかせ、紫に変色しつつある腫れをぺろりと舐めはじめた。

「遙香さん……」

腫れを舐めつつ、こちらを見つめてくる。その瞳は妖しい絖りを帯びている。

「ああ、ああ、ち×ぽをっ、ああ、ち×ぽを舐めてくださいっ、おねがいしますっ」

　と良夫は叫んでいた。

「私のお口でいいんですか」

「えっ」

「お口でいいんですか」

「い、いや、あの、お、おま……おま×こがいいです、おま×こがいいですっ」

　とまたも叫んでいた。

　遙香がスカートの中に手を入れた。パンティが下げられていく。白のパンティが膝小僧からふくらはぎへと下がっていく。

　ああ、遙香さんがパンティを脱いでいる。パンティだけを脱いでいる。入れる穴だけを露出させようとしている。

　パンティを脱いだ遙香がスカートをたくしあげた。すると、遙香の恥部があらわれた。ヴィーナスの恥丘を、わずかなヘアーが品よく飾っていた。

　おんなの縦溝はほとんどあらわだった。

　遙香が良夫の股間を跨《また》いできた。

「ああ、遙香さん……遙香さんっ」

入れるんだっ。ザーメンをおま×こで受けるために、遙香は俺のち×ぽを咥えこもうとしているんだっ。

スカートが下がり、割れ目が隠れる。

「見たいっ、おま×こ、見たいですっ」

と良夫は叫ぶ。

「そんなに見たいのかしら。菜々美ちゃんの方がいいんじゃないの」

「遙香さんのが見たいですっ。遙香さんに出すために、ずっと我慢していたんですっ」

遙香は、うふふ、と笑い、スカートの裾をたくしあげていく。すると再び、良夫の前に、遙香の割れ目があらわれる。それが、我慢汁で真っ白の鎌首に迫ってくる。

ああ、入る。ああ、俺のち×ぽが、遙香のおま×こに包まれるっ。

「私のために、殴られてごめんなさい。おま×こで、お礼をさせてください」

と言うなり、遙香が割れ目を鎌首に当ててくる。が、そこからは下げない。割れ目で鎌首をなぞりはじめる。

「ああっ、遙香さんっ、おま×こ、おま×こに入れたいっ」

「じゃあ、突き上げて、良夫さん」

「ああっ、遙香さんっ」

と叫び、良夫はペニスを突き上げる。すると、ずぶりと鎌首がめりこんでいった。

「あうっ、ううっ」

遙香が火の息を吐き、腰を落としてきた。

ずぶずぶ、ずぶっ、と瞬く間に良夫のペニスは、遙香のおま×こに包まれた。

「あっ、すごいっ、ああ、出る、出るっ」

「えっ、もう、だめよっ、だめだめっ」

「出ますっ。すいませんっ」

と叫びつつ、良夫ははやくも射精させた。なにせ、菜々美の時から、寸止めされ続けていたのだ。ドストライクな未亡人のおま×こに包まれたら、ひとたまりもなかった。

どくどく、どくどく、と凄まじい勢いでザーメンが噴き出す。遙香の子宮を直撃する。

「ああっ、う、うう……」

遙香は女性上位で繋がったまま、あごを反らせた。

脈動はなかなか止まらず、遙香の子宮にザーメンを浴びせ続ける。

「ああ、あう……うんっ、うっんっ……」

遙香は腰をうねらせる。ザーメンを受けつつ、さらに感じようとしている。

ようやく脈動が終わった。射精を終えると、良夫は我に返った。

2

「ああ、すいませんっ、入れてすぐ出すなんてっ」

「そうよ。自分勝手にいくなんて、最低よ、良夫さん」

と言いつつ、遙香が繋がったまま、ノースリーブのカットソーを脱いでいく。

「ああ、久しぶりに子宮にザーメン浴びたら、身体がすごく熱くなってきたの。良夫さんのせいよ」

なじるように見つめつつ、ブラも外す。すると、たわわに実った乳房があらわれた。

上半身裸になった遙香が上体を倒してきた。

乳房を良夫の胸板に押しつけつつ、唇を寄せてくる。

ぬらりと舌が入ってきた。舌をからませると同時に、おま×こで果てたばかりのペニスを締め上げてくる。

「ううっ……」

良夫はうめく。ち×ぽ全体が、きゅきゅっと締め上げられている。やわらかな手で摑んで、揉み揉みされている感覚だ。

遙香が唇を引いた。と同時に、股間を上げていく。割れ目から大量のザーメンとともに、ペニスが出た。

遙香はスカートも脱ぎ、生まれたままの姿になると、良夫の股間に美貌を埋めてきた。ザーメンまみれのペニスにしゃぶりついてくる。

「ああっ、遙香さんっ」

出したばかりのペニスをしゃぶられ、くすぐったい気持ちよさに、良夫は腰をうねらせる。

「うんっ、うっん、うっんっ」

遙香は良夫のペニスを貪り食ってくる。

遙香の口の中で、瞬く間にたくましくなっていく。

「ああ、すごいわ。もうこんなに」

と言うなり、すぐさま、再び、良夫の腰を白い太腿で跨いできた。

逆手で勃起させたペニスを摑むと、ザーメンを垂れ流している割れ目に当ててくる。

「突いて、良夫さん」

と遥香に言われ、良夫は腰を突き上げる。またも、ずぶりと鎌首がめりこみ、そのまま垂直に突き上げていく。

「ああっ、硬いっ、もう硬いのっ……あ、ああっ、いい、いいわっ、おち×ぽっ」

遥香の中に再び、良夫のペニスが入っていく。遥香の媚肉はやけどしそうなくらい燃えていた。ザーメンとたっぷりの愛液で、もう、どろどろだ。

遥香の中に再び、完全に入った。

「ああ、おま×こ、ああ、おま×こっ」

今度はさっきと違い、遥香の媚肉の感触を味わう余裕ができていた。

ゆっくりと腰を上下させていく。

「はあっ、ああっ……」

遥香の上体が反っていく。遥香の乳房の底のラインがそそる。

「激しく突いて」

はいっ、と良夫はずどんっと突き上げ、下げ、そしてすぐに突き上げていく。

「あっ、ああっ……」

突き上げるたびに、遥香のたわわな乳房が重たげに揺れる。

それを見ていると、鷲掴《わしづか》みにしたくなる。

良夫は突き上げつつ、上体を上げていった。乳房を掴もうとすると、その前に、遥香がしがみついてきた。

ぐりぐりと乳房を胸板にこすりつけつつ、遥香自身、腰を激しく上下させてきた。

「ああっ、いい、いいわっ」

「ああ、遥香さんっ……」

遥香がこんなにエッチに貪欲だとは思わなかった。まあ、貪欲だから、良夫とエッチしているのだろう。淡泊だったら、そもそも今、していないはずだ。

「お尻を掴んで、動かしてっ」

と遥香が言ってくる。はいっ、と良夫は言われるまま、遥香の尻たぼを掴み、上下に動かしていく。

「ああ、あああっ、いい、いいっ……ああ、突いてっ、お尻を動かしながら、突くのよ、良夫さんっ」

次々と的確な指示が下される。

童貞を卒業したばかりの良夫にとっては、ありがたい指示だ。たぶん、責めが単調だから、言わずにはいられないのだろう。

ヒップの上下の動きと逆にペニスを上下させる。ヒップを下げる時、ペニスを突き上げるのだ。

すると、子宮に鎌首が当たった。

「あうっ……いく……」

いきなり、遥香が短く叫んだ。

今、いくって言ったぞっ。遥香を俺のち×ぽでいかせたぞっ。

連続でいかせてやれ、と同じ上下の連動で、子宮を強く突いていく。

「ううっ、いく……いくいく……」

遥香が良夫の背中に爪を立ててくる。汗ばんだ裸体を密着させて、がくがくと震わせている。おま×こも強烈に締まっていた。

遙香のアクメが、身体を通して伝わってくる。これぞ、エッチの醍醐味《だいごみ》だ。オナニーとはまったく違う。

「はあ、ああ……すごいわ、良夫さん……見直したわ」

火の息を吹きかけ、遙香がそう言う。

「あの、僕もリクエストして、いいですか」

調子に乗り、良夫はそう聞く。

「ああ、バックでしょう……後ろから、遙香を責めたいんでしょう」

と上気した美貌を寄せたまま、遙香がそう言う。

「よ、よく、わかりましたね」

「男の人はみんな、遙香を後ろから突きたがるの」

と言うと、遙香は腰を引き上げた。奥まで垂直に入っていたペニスが、肉の襞に逆向きにこすられる。

「ああっ……」

良夫は思わず、暴発しそうになった。バックで入れる前に、出してはならん、と歯を食いしばって耐える。

すると、遙香がうふふと笑った。

「すごい顔で、我慢しているのね、良夫さん」

ちゅっと口にキスしてくる。それだけで、出しそうになる。ぎりぎり大量の先走りの汁を出しただけで耐えた。

遙香がベッドの上で、反対向きになった。両手をシーツにつき、良夫に向かってむちっと盛り上がった双臀を差し上げてくる。

「ああ、遙香さん……エロいです。エロすぎです」

目の前で、生まれたままの姿の遙香が四つん這いになって、入れてください、と良夫に向かって尻を突き出しているのを見ると、感激で涙が出そうになる。

「ください……良夫さん」

なんと遙香がおねだりの言葉を洩らし、掲げたヒップをうねらせてみせた。大サービスだ。

「入れます。いや、入れるぞ」

なぜかバックからだと強気になる。尻たぼを摑み、ぐっと左右に開く。

すると、お尻の穴が見えた。それはきゅっと窄《すぼ》まり、菊の蕾のように見えた。

「ああ、どこ見ているのかしら」

尻の穴で良夫の視線を感じるのか、きゅきゅっと収縮させる。

「ケツの穴だよ、遙香さん」

とわざとそんな言い方をする。

「ああ、遙香のお尻の穴、どうかしら」

と遙香が思わぬことを聞いてきた。

「えっ、ああ、ああ、綺麗です。すごく綺麗です」

「キスしてもいいわよ」

「えっ……」

「遙香のお尻の穴に、キスしたいって思っているでしょう」

思っていた。やはり、未亡人は違う。男の気持ちをすべて把握している。

「い、いいんですか」

「いいわ……」

お尻の穴も、いいわ、と言うようにひくひくと動いた。

良夫はその動きに誘われるように、遙香の尻の狭間に顔を埋めていく。そして、ちゅっと尻の穴にキスをした。すると、

「あんっ」

と遙香が甘い声をあげる。敏感な反応に驚く。

「ああ、キスだけなのかしら……舐めたくないの？　遙香のお尻の穴、舐めたくないのかしら」

舐めたいですっ、と言う前に、ぺろりと舐めていた。すると、

「はあっ、あんっ」

と遙香が鼻にかかった声をあげ、ぶるぶるっと双臀を震わせる。良夫は未亡人の反応に煽られ、さらにぺろぺろ、ぺろぺろと舐めていく。

「あんっ、だめ、もうだめっ、入れてっ、入れて、良夫さんっ」

良夫はこのまま尻の穴に入れて、と言っているのかと思った。

「い、いいんですか」

「いいもなにもないでしょう。ああ、入れて、遙香の穴に入れてっ」

はやくも尻の穴でも初体験かっ、と良夫の心臓が爆発しそうになる。

これまでの人生で、尻の穴に入れたいと思ったことはなかったが、遙香の菊の蕾のような穴を見ていると、無性に入れたくなる。

良夫はあらたな我慢汁だらけの鎌首を、尻の狭間に入れていく。

そして、尻の穴に当てていった。

「えっ、なにしているのっ」

「入れていいんですよね」

と言って、ぐっと押しつける。

「あうっ、痛いっ、なにしているのっ、良夫さんっ」

「ケツの穴に欲しいんじゃないんですか」

「おま×こよっ、ああ、お尻の穴を舐められると、たまらなくおま×こに欲しくなるのっ」

「ここは処女ですか」

「当たり前でしょうっ」

そうなのか。勘違いしていた。なにせ、貪欲な未亡人なのだ。尻の穴もすでに女になっていると思っていた。

尻の穴はだめと言われても、良夫は別に失望しなかった。むしろ、この敏感な穴が処女だと聞いて、将来の楽しみを感じた。

「すいません。穴違いでした。前の穴に入れます」

菊の蕾から鎌首を下げ、蟻の門渡りをなぞる。それだけで、

「ああ、あんっ」

と遥香が甘い喘ぎを洩らす。なぞっている良夫の方も、腰をくねらせていた。

前の入り口に鎌首を当てる。バックからだと狙いを定めやすい。

「ああ、はやく。良夫さんっ」

はいっ、と尻たぼを摑み、ぐぐっとバックから入れていく。

「ああっ、ああっ、いい、いいっ」

「う、うう……」

前から入れるのとは角度が違い、あらたな刺激を覚える。

なにより、後ろから入れるのは、征服感が強くなる。尻たぼをぐっと摑み、めりこませるようにして、奥まで貫いていく。

「ああっ、い、い、いく……」

といきなり、遥香がいまわの声をあげた。バックから入れただけで、いったのだ。

「ああ、おち×ぽ……ああ、良夫さんのおち×ぽと……ああ、相性がいいわ」

「そ、そうなんですか」

ち×ぽにも相性があるのか。

「だって、バックから入れられただけでいっちゃったのよ……」

と言って、遥香が首をねじって、こちらを見上げる。

「ああ、遙香さん」

妖しく絖った瞳は、あなたに負けたわ、と告げていた。まあ、そう見えただけかもしれないが……。

「突いてっ、たくさん突いてっ」

遙香に言われ、良夫は抜き差しをはじめる。ぐぐっと割れ目ぎりぎりまで引き上げ、そしてずどんっと奥まで突いていく。

「ああっ、あうっ」

ひと突きごとに、遙香の背中が反っていく。バックはよがり顔が見えないから、つまらないかと思っていたが、やはり征服感が半端ない。

四つん這いにさせた遙香を、尻からばんばん突くのはたまらない。ひと突きごとに、全身を流れる牡の血が沸騰していく。

「ああ、ああっ、いい、いいっ、また、またいきそうっ」

「ああ、僕もです……僕もですっ」

「いっしょにっ、今度は、いっしょにいきましょうっ」

と遙香が叫ぶ。

「はいっ、いっしょにいきますっ、ああ、いっしょにいかせてくださいっ」

良夫はひたすら、遙香の女穴を突きまくる。

「ああ、いきそう、ああ、また、いっちゃいそうっ」

「僕も、僕もまた、中出ししそうですっ」

「いいわっ。また、中に出していいわっ、ああ、おま×こにくださいっ」

「ああ、出る、出るっ」

おうっ、と吠えて、良夫は射精させた。またも、凄まじい勢いでザーメンが噴射し、未亡人の子宮を叩く。

「ひいっ……いくいく……いくいく、いくうっ」

遙香の背中が弓なりになった。ぐぐっと上体を上げつつ、ペニスを呑み込んだ双臀を痙攣させた。

3

数日後の夜。

良夫はハーレム状態だった。

正面には遙香、右手には彩美、そして左手には佳菜がいる。皆、良夫を見つめている。

　残念ながら、４Ｐしているわけではない。カフェウィドゥで飲んでいるだけだ。カウンターの向こうに、遙香が、ストゥールの右手に彩美が、左手に佳菜が座っていた。

　やってはいないが、美貌の未亡人たちに囲まれているだけでも、ち×ぽはびんびんだった。

　遙香も彩美も、そして佳菜もノースリーブの服を着ていた。剥き出しの二の腕や、時折、ちらりとのぞく腋の下がたまらなくそそる。前を見ても、右を見ても、左を見ても、そそる肌が迫ってくる。

　しかも三方からそれぞれ違った薫りが漂ってきている。

　彩美と佳菜はそれぞれ一日働き、そして疲れを癒《い》やすために、飲みに来ている。だから時折、汗の匂いも薫ってくる。遙香はまだ働いている。

　このまま誰も店に来なければいいと思ったが、そう甘くはなかった。

　誰かが入ってきた。

「いらっ……しゃい……」

　遙香の声が途切れ、振り向くと、冴島が立っていた。鬼のような形相で遙香ではなく、良夫をにらんでいた。

「おまえっ、なんだこれはっ。俺から遙香を奪っておいて、他にもふたりも女がいるのかっ」

冴島は真っ直ぐ、良夫に向かってくる。

「冴島さんっ、帰ってっ」

カウンターの奥から遙香があわてて出てきた。冴島の前で通せんぼをする。

「おまえっ、こんな野郎がいいのかっ」

「いいわっ。良夫さんとは相性がいいのっ」

「な、なにっ……」

「もう二度と来れないようにしてあげる」

遙香はそう言うと、冴島の前でエプロンを脱いだ。たったそれだけで、色香が増した。

遙香はノースリーブのカットソーにジーンズ姿だ。

「そこから動かないで」

と言うと、店の出入り口へと向かい、廊下に置いているスタンドを中に入れる。

そして、オープンの札をクローズに変えて、ドアを閉めると、鍵をかけた。

さらにカーテンを閉めると、カフェウィドゥに淫猥《いんわい》な空気が流れはじめる。

遙香が冴島の前に戻ってくる。良夫、彩美、そして佳菜の三人は興味深げに遙香を見ている。冴島は困惑の表情だ。

「どうしても、私をあきらめきれないんでしょう」

「こんな童貞野郎に、おまえが惹かれるわけがないだろう。なにかあるなっ」

童貞野郎とはひどいが、卒業したのはほんの数日前だ。当たってはいないが、まあ、外れてもいない。

「だから言ったでしょう。良夫さんの身体と相性がいいの」

「うそつけっ」

「見せてあげるわ」

「見せる……」

遙香がカットソーの裾を摑み、引き上げはじめる。

「は、遙香さん……」

良夫は目を丸くさせた。見せてあげるって、まさか、ここで……エッチを……

相手は、お、俺じゃないかっ。

遙香が両腕を胸元で交叉させてたくしあげたカットーを脱いでいく。すると、ブラに包まれた乳房の隆起があらわれる。

ハーフカップから今にもこぼれ出そうだ。

「遙香ちゃん、なにを、しているんだ」

驚く冴島の前で、遙香は両腕を背中にまわし、ブラのホックを外した。豊かなふくらみに押されるように、ブラカップがめくれ、乳房がこぼれ出た。

良夫、冴島、彩美、そして佳菜が見ている前で、乳首がぷくっと勃っていく。

遙香はジーンズのボタンに手をかける。

「や、やめろ……やめろ、遙香ちゃん」

「どうして？」

と問いつつ、遙香はボタンを外し、フロントジッパーを下げていく。

パンティがあらわれた。今夜は深紅のパンティを穿いていた。

「あら、セクシーね」

と彩美がつぶやく。

遙香は皆が見ている前でジーンズを下げていき、足から抜いていった。

深紅のパンティは、布面積が狭く、おんなの縦溝とその周辺だけをきわどく隠しているだけだった。後ろはＴバックだ。

「いつも、そんなパンティを穿いて、接客しているのかしら」

　と佳菜が聞く。

「いつもですよ。だって、いつ、こうやって、ご披露するかわからないでしょう」

　と遙香が答える。

「遙香ちゃん、もういいよ。もうわかったから」

　冴島の方が、大胆な遙香の行動に圧倒されている。

「なにがわかったのかしら。まだ、良夫さんの身体と相性がいいところ、わかっていないでしょう。今夜、決着をつけたいの。最後まで見ていって」

「さ、最後まで……」

　と良夫と冴島が同時につぶやいた。

「良夫さんも脱いで」

　とパンティだけの遙香が良夫を見つめてくる。妖しく潤んだ瞳で見つめられ、良夫は大量の我慢汁を出した。もちろん、びんびんにさせていた。遙香が冴島の前でエプロンを脱いだ時から、勃起させていた。

「なにしているの、良夫さん」

と彩美が言う。

「えっ……」

「おち×ぽ出しなさいよ」

と彩美が言う。

「し、しかし、ここでは……」

「遙香さんはパンティ一枚になっているのよ。それに、もう、みんなに見せているじゃない」

と佳菜が言う。

「えっ、い、いや……それは……」

驚いたのは良夫と冴島の男たちだけで、未亡人たちは表情を変えない。

「し、知っているんですか」

と良夫が遙香、彩美、そして佳菜を見回しつつ聞くと、三人の未亡人たちはうなずいた。

「な、なにっ、おまえ、遙香だけじゃなくて、ここにいる女たちみんなとやっているのかっ」

「いいえ、違いますっ。佳菜さんとは、していません」

と答える。佳菜には顔にザーメンをかけてはいたが、おま×こにち×ぽを入れてはいない。

「しかし、今、みんなに見せているって」

「見せてはいます。佳菜さんにはち×ぽの匂いを嗅がれました。でも、それだけです」

なんの言い訳をしているのかわからない。

「さあ、脱いで、良夫さん。遙香さんを好きなんでしょう。ここでしっかり、遙香さんを自分の女にしなさいっ」

と彩美に嗾《けしか》けられる。

遙香を自分の女にする。　自分の女。　いい響きだ。

「わかりましたっ。　遙香さんを、いや、遙香を俺だけの女にしますっ」

と三人の未亡人たちと冴島の前で、良夫は宣言してしまう。

遙香を見るが、表情は変えない。真摯《しんし》な顔で、じっと良夫を見つめている。遙香は本気なのだ。本気で、ここでやる気なのだ。

良夫はコットンパンツに手をかけた。下げるとブリーフがあらわれる。当然のことながら、もっこりしていた。

それに手をかけて、引き下げると、弾けるようにペニスが出てきた。

「いつも、すごいわね」

と彩美と佳菜の目が光る。

良夫はシャツとTシャツも脱ぎ、全裸となった。すると皆の視線が、極小パンティだけの遙香に集まる。

遙香は冴島をにらみつけ、深紅のパンティに手をかけた。そして皆が注目する中、最後の一枚を下げていく。

品よく生え揃った陰りがあらわれる。おんなの縦溝は剝き出しだ。

それを目にした冴島が、遙香ちゃんっ、と迫っていく。

すると、彩美と佳菜が、だめよ、と言って近寄り、冴島の両腕を摑んだ。

「そこから動かないで」

と全裸になった遙香は冴島に向かってそう言い、良夫に近寄ってくる。

息がかかるほどそばに立つと、遙香の方から唇を寄せてきた。冴島、彩美、そして佳菜が見ている前で、くちづける。

すぐに舌と舌をからませあう。

「うっ、うんっ、うんっ」

遙香の方が積極的だ。たわわな乳房を強く良夫の胸板にこすりつけつつ、唾液を注いでくる。いつもより、もっと濃厚な甘さを感じた。

遙香は舌をからめつつ、ペニスを摑んできた。ぐいっとしごいてくる。

「ああ、遙香ちゃん……やめてくれ……」

冴島の哀れな声が聞こえる。

「なにしているの、良夫さん」

と彩美が言う。

「受け身ばかりじゃだめでしょう」

彩美に言われ、そうだ、と気づく。どうも、まぐろ体質があるようだ。

良夫も遙香の股間に手を向けた。クリトリスを摘まむと、ううっ、と遙香が火の息を吹き込んでくる。

良夫は右手でクリトリスをいじりつつ、左手で、乳房を摑んでいった。やわらかなふくらみをこねるように揉んでいく。

「ああっ、いいっ」

唇を引き、上気させた美貌を反らせつつ、遙香が喘ぐ。

「遙香ちゃん……」

冴島は怒りを通り越して、喘ぐ全裸の遙香に見惚れはじめている。

「ああ、ああっ、いい……ああ、いいの……」

遙香は甘い声をあげつつ、ぐいぐいしごいてくる。どろりと我慢汁が出てくる。

すると遙香は右手で胴体をしごきつつ、左手の手のひらで鎌首を包んできた。我慢汁を潤滑油代わりに、刺激を送りはじめる。

今度は、良夫がうめく番だ。

「あ、ああ……それっ、それっ」

良夫は、彩美と佳菜が見つめる中で、女のように腰をくねらせる。はじめは恥ずかしいと思ったが、ずっと見られていると、ふたりの未亡人の視線まで快感となってくる。

4

「冴島さん」

と遙香がいきなり声をかける。冴島が、はいっ、と返事をする。

「遙香のフェラ顔見たいでしょう」

「み、見たい、です……」

「見せてあげる。目に焼きつけておいて」

そう言うと、遙香がその場にしゃがんだ。踵《かかと》に尻たぼを乗せて、反り返ったペニスと向かい合う。

「ああ、遙香ちゃん……童貞野郎のち×ぽなんか……ああ、舐めるんじゃない」

震える声で冴島がそう言う中、遙香がちゅっと良夫の鎌首にくちづけてきた。

あっ、と良夫と冴島が同時に声を出していた。良夫は快感のうめき、冴島は嫉《しっ》妬《と》のうめきだ。

遙香は挑発するような目で冴島を見つめつつ、ぺろぺろと鎌首を舐めていく。我慢汁で白く汚れた舌を口の中に運び、すぐに出す。そして、ピンクに戻った舌をからめてくる。

「どうかしら、冴島さん」

「あ、ああ……遙香ちゃん……あ、ああ……」

冴島は遙香の色香に当てられてしまっている。彩美と佳菜が両腕を放しても、動かなかった。というか、動けないように見えた。

「良夫さんのおち×ぽから出る我慢のお汁。すごく美味しいの」

そう言いながら、ぺろぺろと舐めてくる。時折、良夫を見上げ、その妖しすぎる眼差しに、あらたな我慢汁を出してしまう。

遙香が唇を大きく開いた。鎌首を咥えていく。

「あ、ああ……遙香ちゃんが、ち×ぽを……あ、ああ……」

冴島は身体を震わせている。嫉妬と興奮がない交ぜになっているようだ。

遙香は鎌首だけではなく、反り返った胴体も咥えていく。

「ああ、なんか、すごくエッチね……」

と彩美が火の息を洩らし、腰をくねらせはじめる。彩美はノースリーブのワンピース姿だった。身体にぴたっと貼りつくデザインで、女らしい曲線を見せつけている。

遙香が根元まで咥えた。そのまま頬を窪《くぼ》め、吸ってくる。

「あう、うう……」

ち×ぽ全体がとろけそうな快感に、良夫はまたも、腰をくねらせる。いつもより数倍、肉棒の感度が上がっている気がする。まさか、未亡人たちや冴島に見られて、より感度が上がるとは思ってもみなかった。

「うんっ、うっんっ」

遙香の美貌が上下に動く。それにつれ、たわわな乳房がゆったりと揺れる。ふたつの乳首はとがりきっている。

「ああ、なんだか、暑いわ……私も、脱ぐわ」

と彩美がワンピースの背中のジッパーを下げはじめたのだ。

「彩美さん……」

「う、うう……」

と遙香がうめき、唇を引き上げる。

「ああ、今、彩美さんを見て、大きくさせたのね、良夫さん」

と遙香がなじるような目で見上げてくる。その間にも彩美はワンピースを下げている。ブラに包まれたバストがあらわれ、平らなお腹もあらわれる。

「ち、違います……誤解です」

「うそ……」

「おまえっ、遙香ちゃんにフェラされているのに、こっちの女に気が向いたのかっ」

と冴島が良夫をにらんでくる。

「違いますっ」

遙香が立ち上がった。またも、キスを仕掛けてくる。ぬらりと舌が入り、唾液まみれとなったペニスをしごかれる。

良夫の視界に、ブラとパンティだけになった彩美のボディが入ってくる。今日は黒のブラとパンティだった。絖白い肌に、とてもセクシーに映えている。

「良夫さん、遙香さんのおま×この具合、確かめてごらんなさい」

と彩美が言う。熟女未亡人の指示に従い、良夫はベロチューを続けつつ、右手の人差し指を遙香の中に入れていく。

「ああっ」

唇を離し、遙香が甘い喘ぎを洩らす。

遙香の媚肉は熱かった。まさにやけどしそうなほどだ。しかも、ぐしょぐしょだ。

良夫は肉の襞をまさぐるように指を動かす。すると、ぴちゃぴちゃと淫らな音が聞こえる。

「あ、ああっ、冴島さん……ああ、遙香のおま×こから……ああ、エッチな音しているの、聞こえているかしら……あ、ああっ、ああっ」

「遙香ちゃん……」

冴島もかなり昂ぶっているようだ。鼻息が荒くなっている。

「ああ、指じゃいやっ、ち×ぽ、ああ、このおち×ぽで遙香を泣かせて、良夫さん」

ねっとりと潤んだ瞳で良夫を見つめ、遙香がそう言った。

「四つん這いになって、遙香さん」

と良夫はリクエストした。俺の女だ感を見せつけるには、バック責めがインパクトがあると思ったのだ。

「はい、良夫さん」

と遙香は素直にうなずき、冴島の真ん前で膝をつくと、両手も床についていく。

そして、良夫に向けて、ぷりっと張ったヒップを差し上げてくる。

「遙香ちゃん……ああ、綺麗だ……ああ、綺麗だよ」

冴島は、四つん這いになった遙香の美しくもセクシーな裸体に、感嘆の目を向けている。

「私も暑くなってきたわ」

と佳菜まで、ノースリーブのブラウスを脱ぎはじめた。白のハーフカップブラに包まれた乳房があらわれる。

それを見て、遙香を後ろから突こうとしていた良夫のペニスがひくつく。

「おまえっ、今、この女の身体を見て、興奮したなっ」

と冴島がどなりつける。

「えっ、そうなのかしら。私のなかに入れたくないのかしら」

首をねじって、良夫をなじるように見ながら、遙香がそう言う。

「入れたいですっ」

と叫ぶなり、尻たぼを摑むと、ぐっと引き上げる。そして、鋼のペニスを尻の狭間に入れていく。

「ああ、ああ……遙香ちゃん……」

冴島が泣きそうな顔になっている。彩美と佳菜の目は爛々《らんらん》と光っている。

そんな中、良夫はずぶりとバックから遙香の女穴に突き刺していく。

「ああっ、いいっ」

ぐぐっと入れると、遙香の背中が反っていく。

「ううっ、きつい、ううっ、締まるっ」

遙香の媚肉は前とは比べものにならないくらい締まっていた。まさに万力の締めつけだ。

良夫は奥まで貫く前に、突きを止めてしまう。

「ああっ、どうしたのっ、もっと奥まで突いてっ」

と遙香がこちらを見ながら、さらなる突きをねだる。

「そうよ、なにしているの、良夫さん」

と彩美が言う。佳菜はブラウスを脱ぎ、スカートのサイドジッパーを下げはじめている。

良夫は渾身の力を込めて、ずどんっと突いた。鎌首が子宮を突く。

「いいっ！」

と遙香が歓喜の声をあげる。

「遙香ちゃん……」

冴島は泣きそうな顔でいながら、目には劣情の炎が宿っている。

良夫は遙香の淫らな反応に背中を押されるように、ずどんずどんと肉襞の連なりを削り取るように突いていく。

「ああ、いい、いいっ、おち×ぽいいっ、良夫さんのおち×ぽ、いいのっ」

遙香が髪を振り乱して叫ぶ。

「ああ、ドキドキするわね」

と彩美が佳菜の手を握る。佳菜はスカートも脱ぎ、ブラとパンティだけになっていた。佳菜がぎゅっと握り返す。

「ああ、あああっ、いい、いいっ、このおち×ぽ、最高なのっ、ああ、あああっ、もう、もう、いきそうっ、あああっ、もういきそうっ、ああ、いっていい？　ああ、遙香、いっていい？」

遙香が首をねじって、良夫を見つめながら、聞いてくる。

冴島がいるから、そう聞いているのだと思ったが、彩美や佳菜、そして冴島が見ている前で聞かれると、さらに血が昂ぶる。

「もういくのか、遙香っ」

と良夫は叫ぶ。

「ああ、ごめんなさいっ、ああ、良夫さんのおち×ぽ、ああ、すごすぎてっ……あ、あああっ、遙香、我慢できないんですっ」

「まだ、いくなっ」

と言って、良夫はぱんぱんっと遙香の尻たぼを張っていた。考えてやったのではなく、ペニスを呑み込んでいる尻を見ていると、なぜか、張りたくなったのだ。

「おいっ、おまえ、遙香ちゃんに、なにをするっ」

と冴島が怒りの声をあげるが、それを掻き消すように、

「ああっ、いいいっ、あんっ、いいっ」

と遙香が歓喜の声をあげていた。

「もう、もうだめ……い、いく、いくいくっ」

遙香がいまわの声をあげた。と同時に、おま×こが強烈に締まった。

ち×ぽが食いちぎれた。

「おう、おうっ」

良夫も吠えた。おうおう、と吠えつつ、どくどく、と射精させる。

「あっ、いく、いくうっ」

子宮にザーメンを受けて、またも、遙香がいまわの声をあげる。

「ああ、すごいわ……」

いつの間にか、彩美と佳菜が抱き合っていた。ブラに包まれた乳房と乳房を押しつけ合っている。

「遙香ちゃん……」

冴島はその場に膝をついていた。

「ああ、突いて、ああ、もっと突いて、もっと遙香を泣かせて、良夫さんっ」

はあはあ、と荒い息を吐きつつ、遙香がそう言う。媚肉ももっと突いて、と言うかのように、くいくい締めてくる。

大量のザーメンを子宮にぶちまけていたが、萎えてはいなかった。勃起したままで、遙香の女穴に包まれている。

「よしっ、突いてやるっ」

と良夫は叫び、あらためて、尻たぼに五本の指を食い込ませる。そして、腰を動かしはじめた。いきなり、ずどんっと力強く子宮を叩いていく。

「いいっ、いい、いいっ！」

ひと突きごとに、遙香が歓喜の声をあげる。

「出したばかりなのに、もうするなんて……すごい」

彩美と佳菜が抱き合ったまま、憧れの目で遙香をバック責めし続けている良夫を見つめる。

「う、うそだろう……」

「遙香のおま×この締めがいいから、何度でもやれるんだよっ」

と良夫は冴島に向かってそう言う。

「遥香のおま×こ……ああ、遥香のおま×こ……」

「いい、いい、いいっ……すごいっ、おち×ぽ、すごいっ、良夫さんのおち×ぽ、すごいのっ」

遥香が喉を嗄《か》らして喜悦の声をあげ続ける。

四つん這いの裸体はあぶら汗まみれになっていて、そこから、むせんばかりの汗の匂いが漂ってきている。

「ほらっ、もっといい声で泣けっ、いい声を冴島に聞かせてやれっ」

ハイテンションになっている良夫は、調子に乗って、ぱしぱしと遥香の尻たぼを張りつつ、激しく抜き差しをする。

「いい、いいっ……おま×こ、ああ、遥香のおま×こ、壊れちゃうっ」

遥香ががくがくとペニスが出入りしている双臀を震わせる。

「もう、もう、いきそうっ、ああ、もういっちゃいそうですっ」

「勝手にいくなよ、遥香」

「はいっ、良夫さんっ……」

遥香が首をねじり、こちらを見上げてくる。良夫を見つめる瞳には、愛が感じられた。

ああ、最高だっ。これこそ、おま×こだっ。

愛を感じた途端、良夫もいきそうになる。

「ああ、俺も、出そうだっ」

「顔にっ、ああ、遙香の顔にかけてくださいっ」

と遙香が言い出す。

「顔、顔にかけていいのかっ」

「はいっ。良夫さんのザーメンを浴びた顔を……ああ、冴島に見せてやりたいのっ」

遙香に顔射できると思うと、一気にボルテージが上がった。全身の劣情の血が再び、ペニスに集中する。

「ああっ、大きくなったのっ、また、大きくなったのっ」

「いくぞっ、いくぞっ、遙香」

良夫は激しくぶちこんでいく。

「ああ、きて、ああ、きてっ、顔に出してっ」

おうっ、と吠え、良夫は遙香の女穴からペニスを引き抜いた。ザーメンと愛液混じりのペニスの先端に、遙香が上気させた美貌を寄せてくる。

その顔を見た良夫は射精させた。

どく、どく、どくっと遙香の美貌を直撃する。

遙香は彩美、佳菜、そして冴島が見つめる中、顔にザーメンを浴びて、

「いくっ」

といまわの声をあげていた。開いた口の中にも、白濁が飛び込んでいく。

脈動が終わっても、遙香はどろどろとザーメンを顔から垂らしつつ、アクメを迎えた顔を晒し続ける。

「ああ、ザーメン」

と佳菜が遙香のあごから垂れ落ちそうになった白濁を手のひらで掬《すく》うと、ぺろりと舐めていった。

それを見た彩美も遙香に近寄り、目蓋にかかったザーメンを舐め取りはじめる。

「はあ、ああ……ああ……」

遙香はアクメの余韻に浸ったまま、彩美と佳菜の舌に美貌を委ねている。

彩美の舌と佳菜の舌が遙香の顔を這っていく。彩美の舌が目蓋から小鼻に、佳菜の舌が頬からあごへと動いていく。

そして、舐め取ったザーメンをそれぞれ口に運び、嚥下する。

「美味しい」

彩美と佳菜がうっとりとした顔でそう言う。

「ああ、お掃除してあげる」

目蓋を開いた遙香が、膝立ちの良夫の股間に美貌を埋めてくる。

続けて二発出したペニスが、遙香の口の粘膜に包まれる。

「ああ……」

くすぐった気持ちよさに、良夫は喘ぐ。するとその口に、彩美が唇を寄せてきた。すぐにベロチューとなる。

「う、ううっ」

と遙香がうなる。口の中でまた大きくなりはじめたのだ。

佳菜も美貌を寄せてきた。良夫の胸板に埋めると、乳首を吸いはじめる。

「ううっ」

とうなりつつ、良夫は冴島を見た。

冴島は白目を剝いて倒れていた。


（了）

三交社文庫
SEJ-044

昼下がりの未亡人団地

2021年6月15日　第一刷発行

著　者　八神淳一
発行者　岩橋耕助
編　集　株式会社メディアソフト
〒110-0016
東京都台東区台東4-27-5
TEL. 03-5688-3510(代表)　FAX. 03-5688-3512
http://www.media-soft.biz/
発　行　株式会社三交社
〒110-0016
東京都台東区台東4-20-9　大仙柴田ビル2F
TEL. 03-5826-4424　FAX. 03-5826-4425
http://www.sanko-sha.com/
印　刷　中央精版印刷株式会社
装丁・DTP　萩原七唱

ISBN978-4-8155-7544-1